共和国故事

初显实力

——北京成功举办第十一届亚运会

李静轩 编写

吉林出版集团股份有限公司

图书在版编目（CIP）数据

初显实力：北京成功举办第十一届亚运会/李静轩编. —长春：吉林出版集团股份有限公司，2009.12

（共和国故事）

ISBN 978-7-5463-1817-2

Ⅰ．①初… Ⅱ．①李… Ⅲ．①纪实文学－中国－当代 Ⅳ．①I25

中国版本图书馆 CIP 数据核字（2009）第 236725 号

初显实力——北京成功举办第十一届亚运会
CHU XIAN SHILI　BEIJING CHENGGONG JUBAN DI SHIYI JIE YAYUNHUI

编写　李静轩

责任编辑　祖航　息望

出版发行　吉林出版集团股份有限公司

印刷　三河市嵩川印刷有限公司

版次　2010 年 1 月第 1 版　　　　2022 年 1 月第 9 次印刷

开本　710mm×1000mm　1/16　　印张　8　字数　69 千

书号　ISBN 978-7-5463-1817-2　　定价　29.80 元

社址　吉林省长春市福祉大路 5788 号

电话　0431－81629968

电子邮箱　tuzi8818@126.com

版权所有　翻印必究

如有印装质量问题，请寄本社退换

前　言

　　自1949年10月1日中华人民共和国成立至今,新中国已走过了60年的风雨历程。历史是一面镜子,我们可以从多视角、多侧面对其进行解读。然而有一点是可以肯定的,那就是,半个多世纪以来,在中国共产党的领导下,中国的政治、经济、军事、外交、文化、教育、科技、社会、民生等领域,都发生了深刻的变化,中国人民站起来了,中华民族已屹立于世界民族之林。

　　60年是短暂的,但这60年带给中国的却是极不平凡的。60年的神州大地经历了沧桑巨变。从开国大典到60年国庆盛典,从经济战线上的三大战役到经济总量居世界第三位,从对农业、手工业、资本主义工商业的三大改造到社会主义市场经济体制的基本确立,从宜将剩勇追穷寇到建立了强大的国防军,从废除一切不平等条约到独立自主的和平外交政策,从"双百"方针到体制改革后的文化事业欣欣向荣,从扫除文盲到实施科教兴国战略建设新型国家,从翻身解放到实现小康社会,凡此种种,中国人民在每个领域无不留下发展的足迹,写就不朽的诗篇。

　　60年的时间在历史的长河中可谓沧海一粟。其间究竟发生了些什么,怎样发生的,过程怎样,结果如何,却非人人都清楚知道的。对此,亲身经历者或可鲜活如昨,但对后来者来说却可能只是一个概念,对某段历史的记忆影像或不存在,或是模糊的。基于此,为了让年轻人,特别是青少年永远铭记共和国这段不朽的历史,我们推出了这套《共和国故事》。

《共和国故事》虽为故事,但却与戏说无关,我们不过是想借助通俗、富于感染力的文字记录这段历史。在丛书的谋篇布局上,我们尽量选取各个时代具有代表性或深具普遍意义的若干事件加以叙述,使其能反映共和国发展的全景和脉络。为了使题目的设置不至于因大而空,我们着眼于每一重大历史事件的缘起、过程、结局、时间、地点、人物等,抓住点滴和些许小事,力求通透。

历史是复杂的,事态的发展因素也是多方面的。由于叙述者的视角、文化构成不同,对事件的认知或有不足,但这不会影响我们对整个历史事件的判断和思考,至于它能否清晰地表达出我们编辑这套书的本意,那只能交给读者去评判了。

这套丛书可谓是一部书写红色记忆的读物,它对于了解共和国的历史、中国共产党的英明领导和中国人民的伟大实践都是不可或缺的。同时,这套丛书又是一套普及性读物,既针对重点阅读人群,也适宜在全民中推广。相信它必将在我国开展的全民阅读活动中发挥大的作用,成为装备中小学图书馆、农家书屋、社区书屋、机关及企事业单位职工图书室、连队图书室等的重点选择对象。

编　者

2010 年 1 月

目 录

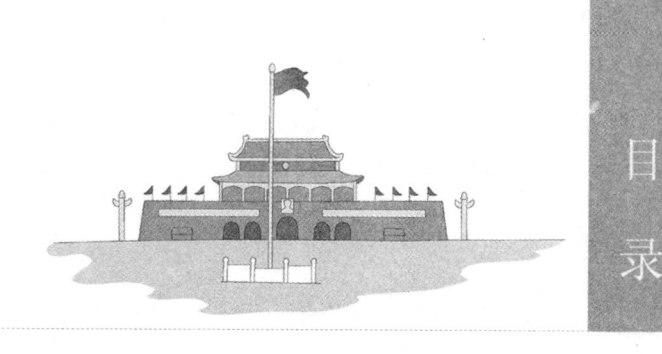

一、积极筹备

北京成功获亚运会主办权/002

组织设计会徽和创作会歌/006

确定北京亚运会吉祥物/010

北京亚运会场馆相继竣工/012

确定北京亚运会的奖牌/016

国际认可中国兴奋剂检测/020

二、加强保障

做好医疗食品卫生服务/028

电视台制订节目传送计划/031

公安交通部门出台交管方案/038

保安部门加大安检力度/041

亚运村办事机构进村办公/054

挑选培训亚运会工作人员/060

三、全民参与

中央领导关注亚运会筹备工作/064

全国人民热情支持举办亚运会/068

大学生高举亚运会旗帜/079

目录

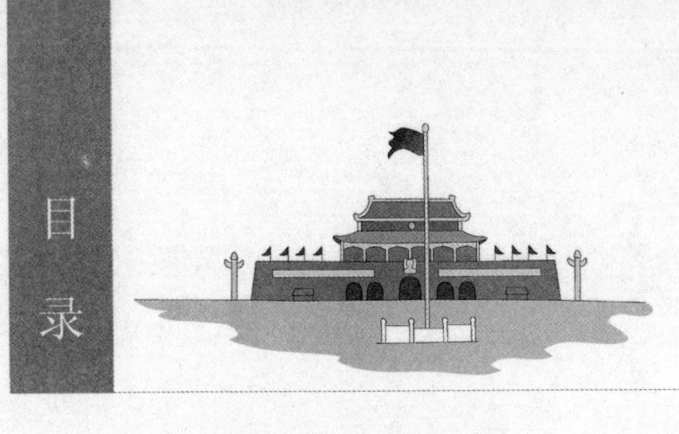

书画家为亚运会捐赠画作/082

全国中小学生踊跃捐款/084

亚运火炬传遍神州/089

四、成功举行

举行北京亚运会开幕式/092

许海峰自选手枪慢射夺冠/097

沈坚强北京亚运会得五金/099

王晓红蝶泳打破亚洲纪录/101

林莉混合泳游出世界第一名/103

杨文意自由泳仰泳夺金/105

庄泳游出世界先进水平/107

张秋萍获射击三金二银/109

李敬获男子体操全能金牌/111

王义夫等获气手枪团体冠军/113

黄世平夺得三枚射击金牌/115

第十一届北京亚运会闭幕/117

一、积极筹备

- 1984年9月28日,亚奥理事会成员在汉城开会投票表决中国首都北京和日本广岛谁将承办第十一届亚洲运动会。

- 1984年9月28日,亚奥理事会代表大会投票选举出了申办第十一届亚运会的国家,投票结果为赞成中国举办的有43票,至此,中国赢得了此次亚运会的申办权。

- 第十一届北京亚洲运动会组委会确定:以熊猫为本届亚运会吉祥物。

北京成功获亚运会主办权

1984年9月28日,亚奥理事会成员在汉城开会投票表决中国首都北京和日本广岛谁将承办第十一届亚洲运动会。

关于1990年在北京举办亚运会的提案能否被通过,牵动着中国人民的心。

在亚运会承办史上,泰国举办了3次,印度也有过两次举办的记录。而唯独我们这个拥有近12亿人口的大国,却一直是亚运会的旁观者,这不能不令人慨叹。

其实,刚刚解放的新中国便渴望举办亚运会,世界上许多与中国友好的国家和国际组织,也都希望中国回到亚运会。

1973年11月,亚运会联合会理事会在德黑兰举行特别会议。在会上,执委会根据伊朗提案的决议以38票赞成,13票反对,5票弃权获得批准,确认中华全国体育总会为亚运会联合会会员,同时取消台湾体育组织代表中国的资格。

1974年9月,中国正式派体育代表团参加了第七届亚运会,中国体育代表团不负众望,获33枚金牌,45枚银牌,28枚铜牌,金牌数列第三位。

1982年11月19日至12月4日,在新德里举办的第九届亚运会上，在 33 个参赛国家和地区以及 21 个比赛项目中，阵容强大的中国代表团一举夺得 61 枚金牌，成为亚洲体坛的新盟主。中国开始以亚洲体育强国的姿态出现在世界面前。

第九届亚运会之后，国家体委成立了一个亚运筹备小组，开始为举办亚运会的梦想勾画蓝图。不久，国务院在中南海召开专门会议，决定由国家体委和北京政府共同举办第十一届亚洲运动会。

当中国亚奥官员将中国政府决定举办第十一届亚运会的报告递交到亚奥理事会主席法赫德先生手里时，日本广岛也向亚奥理事会提交了申请举办第十一届亚运会的报告。

北京和广岛争夺主办权是不可避免了，但谁最终争得主办权却难以预测。

1983 年 11 月 11 日，《人民日报》发表了一则新华社记者从科威特发回的电讯：

> 中国奥委会主席钟师统最近在给亚洲奥林匹克理事会主席法赫德·艾哈迈德·萨巴赫的一封信中表示，如中国能举办 1990 年第十一届亚运会，中国奥委会将严格按照亚洲奥林匹克理事会的章程办事。

1984 年 3 月 13 日，北京市和国家体委以中国奥委会的名义，向亚奥理事会主席法赫德发出函件，正式提出申请举办第十一届亚运会。

函件详尽地提供了有关北京的地理气候、人口资料、现有体育设施，以及亚运会所设项目和举办时间等。

在函件中这样写着：

> 北京市还拟建新的体育中心和运动村，以满足举办亚运会的需要。
>
> 中国体育界和北京市人民将尽最大努力办好第十一届亚运会。

6月14日下午，亚奥理事会主席法赫德和副主席沙哈乘专机到达北京。

中国亚奥委官员和北京市领导在钓鱼台国宾馆设宴为客人接风洗尘，并表达中国想举办亚运会的强烈愿望。

几天之后，法赫德又飞到日本，这个留着八字胡的沙特阿拉伯亲王对广岛的官员说："北京办还是广岛办，希望中日两国奥委会能磋商一下，我想，不管哪儿办，都会成功。"

1984年8月，在洛杉矶奥运会期间，法赫德亲王亲自安排中日双方进行磋商。

日方知道法赫德和中国人的心思，但也提出，希望在广岛让出主办1990年亚运会的同时，能得到1994年举办亚运会的权利。

法赫德很欣赏这个两全其美的建议，为此他四处游说，争取会员组织的支持。

1984年9月下旬，亚奥理事会成员从各自的国度飞抵南朝鲜汉城，参加亚奥理事会大会。此次大会将决定第十一届亚运会的主办权。

中国国家体委副主任何振梁和北京市副市长张百发代表中国准时飞抵金浦机场，他们肩负着申办亚运会的重任。

张百发带来一部《北京风光》的录像片，在东道主协助下，片子在汉城电视台正式播出。

北京城悠久的历史、文化、建筑和风情，深深地吸引了亚奥理事会成员的心，北京已经征服了他们，北京的风姿是广岛无法比拟的。

一向对中国人民有着友好感情的法赫德亲王当机立断，提议用表决的办法来决定。

1984年9月28日，亚奥理事会代表大会投票选出了申办第十一届亚运会的国家。

最后投票结果为赞成中国举办的有43票，赞成日本广岛举办的有22票，有6票弃权。

至此，中国赢得了此次亚运会的申办权。

汉城市长送来一个硕大的花篮，表示祝贺。

组织设计会徽和创作会歌

1984年9月28日,亚奥理事会代表大会投票选举申办第十一届亚运会的国家,投票结果是中国赢得了此次亚运会的申办权。紧随其后,北京亚运会组委会征集第十一届亚运会会徽的活动,也提上了日程安排。

一时间,各地近万幅应征作品雪片般飞向北京。结果,上海朱德贤设计的一幅"友谊长城"一举夺魁。

朱德贤是上海工业大学建筑美术研究室教师。当第十一届亚运会标志设计还未登报征稿,他已暗暗开始酝酿了。这幅作品前后花了一年多的时间,几易其稿才成。

按照组委会要求,图案体现"团结、友谊、进步"的宗旨,朱德贤最初就投送了以"友谊"为主题,用"长城""火炬""敦煌飞天""华表"等为设计元素构成的11个方案,共计19幅标志彩色设计稿。

其中"友谊的航程"过了初选关后,为了更为言简意赅,他又作出了以亚洲英文字母缩写的头一个字母"A"构成二维空间的长城。主题为"友谊的纽带"的二稿,在竞争中被选中为最后的基本方案。

此后,他又进行了多次修改,作出用三维空间的长城为第十一届亚运会的会标,并得到亚运会组委会确认。

第十一届亚运会会徽图案中,除亚奥理事会会徽中的太阳光芒外，还辅以雄伟的长城组成的"A"字。长城是中国古老文明的象征，"A"是英文 Asia 的缩写，意思是"亚洲"。而长城与"亚洲"二者结合，代表在北京举行的亚洲运动会，将成为联合亚洲各国人民的纽带。

另外，长城图案还构成"XI"字，表示本届亚运会是第十一届。

中国赢得第十一届亚运会的主办权后，北京亚运会组委会开始征集亚运会会歌。北京军区政治部创作室的石祥创作的《高举起亚运会的火炬》被确定为第十一届亚运会的会歌。

石祥在创作期间，反复地放，反复地观看历届亚运会、奥运会的实况录像，凡是能够找到的有关亚运会、奥运会的歌曲资料，他都借来加以研究和琢磨。

在北京亚运会组委会领导、体育专家以及创作班子里的音乐同行的帮助下，基本上确定了亚运会会歌的主题。

会歌既要体现"团结、友谊、进步"的宗旨，又必须做到形象、动情；既要有我国的民族特点，又要在气质上具有一定的通俗性；既要体现运动健儿的心态，又要反映亚洲观众乃至世界观众的心声。

石祥在以"火炬"为创作灵感时，为捕捉"火炬"的创作灵感，他几乎到了食不甘味、寝不安眠的地步。

他时常去登山，到大自然中寻找会歌的创作灵感，他还深入到亚运村工地去采风，感受建设者们火一般的劳动热情。

一次，石祥从亚运村采风结束，一位青年工人拉着石祥的手说："作家同志，再见吧！咱们为五环旗争光去。"

青年工人的话使石祥深受启发，他反复琢磨"五环旗"的含义。他想："五大洲，挽起你粗壮的臂膀，不就是奥林匹克精神吗？"

石祥回到西山脚下，创作激情像大海波涛一般翻涌，他欣然提笔写道：

谁说我们远隔万里？
我们的心中没有距离，
谁说我们彼此陌生？
我们之间早已熟悉。
啊！同生在世界东方，
同长在亚洲大地，
我们是五环中的一环，
高举起亚运会，
熊熊燃烧的火炬。
谁说感情难以传递？
我们的微笑胜过言语。
谁说赛场互为对手？
我们热烈拥抱在一起。
啊！同为东方增辉，

同为亚洲崛起。

团结、友谊、进步，

高举起亚运会，

熊熊燃烧的火炬。

这首《高举起亚运会的火炬》歌词用的是"一七辙"的韵脚。同历届奥运会、亚运会歌词相比，这首北京亚运会会歌歌词确有自己的特点和风格。

这首歌的歌词体现了亚运会"团结、友谊、进步"的宗旨，用反问和肯定即自问自答的方式，把"远"和"近"，"陌生"和"熟悉"紧密联系在一起，特别是"我们是五环中的一环"，则比较形象地把奥运会和亚运会的关系串了起来，把亚运健儿为增进"团结、友谊、进步"的热烈心情，同为东方增辉的豪情体现出来了。

会歌的谱曲作者选定了著名作曲家施光南。施光南是音乐界少有的高产优质的作曲家。

随后，经有关领导、专家和群众审查后，确认《高举起亚运会的火炬》为亚运会会歌。

确定北京亚运会吉祥物

第十一届北京亚洲运动会组委会确定：

以熊猫为本届亚运会吉祥物。

第十一届亚运会的吉祥物是一个手里持有天安门图像的亚运会奖章的熊猫。

熊猫不仅是中国的国宝，也是世界人民所喜爱的珍贵动物，它象征着和平、友谊。

北京亚运会吉祥物的正式名称为"盼盼"，即盼望和平、友谊和好成绩。

亚运会吉祥物"盼盼"的原形是巴斯。1990年，巴斯应亚运会组委会邀请赴北京参加第十一届北京亚运会相关活动，成为亚运会的吉祥物"盼盼"。

巴斯的老家在四川，1984年竹子开花的时候，巴斯饥饿难耐，流浪到四川宝兴县一个叫"巴斯沟"的地方，被一女村民发现获救。

熊猫手持亚运会奖章，张开双臂，鼓励体育健儿创造更多更好的成绩。

熊猫"盼盼"是由吉林长春电影制片厂美术设计师刘忠仁设计的。

这次亚运会，为使各国运动员、教练员，各位来宾一睹大熊猫的风采，北京市政府决定在北京动物园新建一座大熊猫馆。

该馆位于旧大熊猫馆的东侧，从外观上看，好像一节竹笋，整个建筑新颖独特。它包括大型展厅、室外活动场所及产房、医务室、厨房等用房，并设有一个小型停车场。其中，大型展厅分别设母子大熊猫、中年大熊猫和青年大熊猫分馆。

当时，北京动物园有5只大熊猫。其中"宝宝""永永""陵陵"是展出的大熊猫，"乐乐""良良"是经过驯化的表演熊猫。

每只大熊猫的性格各不相同，有的爱吃胡萝卜，有的爱吃苹果，有的爱闹爱玩，有的文文静静。

自从第十一届亚运会把大熊猫选作为吉祥物，憨态可掬的大熊猫形象很快便出现在街头巷尾。从各种小装饰物、纪念品，到大型的宣传广告，大熊猫正召唤着人们走向亚运，为亚运增光添彩。

北京亚运会场馆相继竣工

1990 年，在第十一届亚运会开幕之际，为北京亚运会新建的 79 个比赛场馆和练习场馆也全部竣工。

在 79 个比赛馆和练习场馆中，33 个是正式比赛用的场馆，46 个是练习用的场馆，31 个是这次亚运会新建或彻底翻建的。

第十一届北京亚运会一共有 3 个主会场，它们分别是：北京工人体育场、北京体育馆、奥林匹克体育中心。

第十一届亚运会开闭幕式的主会场是北京工人体育场。北京工人体育场于 1959 年在北京东郊建成，占地面积 35 万平方米，建筑面积 12 万平方米。当时，已翻建一新，拥有 7 万多个座位。由一个中心运动场和 10 多个球场、田径练习场，以及一个游泳馆、两个露天游泳池，一个跳水池和一个人工湖组成。

中心运动场看台分上下两层，上面装有一圈宽 12.7 米的挡风棚。台下为四层楼房，底层是部分运动项目的练习训练室。二、三、四层有客房 350 间，可容近 2000 人住宿。场内有 400 米塑胶跑道，足球场铺设天然草坪。

北京工人体育馆内的乒乓球赛场，于 1961 年在北京东郊建成，为北京工人体育场的一个组成部分，建筑面积为 3.8 万平方米，呈椭圆形。它的屋顶房架跨度 94 米，采用悬索结构，由中心环、外圈梁和28根双层悬索组成。

比赛场是直径约40米的圆形场地，移开边缘的一部分活动看台后，成长方形场地，可同时放10张乒乓球台进行比赛。乒乓球赛场四周看台共有36排座位，能容纳观众1.5万名。

奥林匹克体育中心在北郊，与亚运村隔路相望。首期工程占地6.6万平方米，建有田径场、综合体育馆、游泳馆、曲棍球场、网球场、棒球场等大中型场馆，以及球类练习馆、田径练习场、检录处、办公楼等配套设施。

中国体育历史博物馆、中国武术研究院、电子信息中心和中国体育运动医学研究所、体育档案馆等也建在奥林匹克体育中心内。

奥林匹克体育中心是专为这次第十一届亚运会而建造的。纵览中心全貌，巍峨壮观，英姿飒爽。可以说，所有场馆的建筑，风格迥异，各具寓意，具有强烈的时代感和现代气派。

其中，田径场是能容纳2万名观众的椭圆形场地，东西两侧看台相对，西看台设有悬挑式半透明罩棚，整个建筑物犹如一张一闭的两个大蚌壳，观众无论坐在什么方位都能保持最佳视线。

游泳馆能容纳6000多名观众，采用的是桥式斜拉索人字形钢网架结构，这也是我国首次将这种结构应用于体育场馆建筑。

奥林匹克体育中心立体建筑拔高，两旁弧形对称弯下，既体现了现代建筑追求不规则、自由奔放的一面，又包含了中国建筑讲究稳重平衡的优点。

紧紧环绕着田径场，把游泳馆和体育馆连为一体的是高架桥。这一高架平台，就像系在几个庞然大物腰间的白色飘带。

高架桥的下面，有专供车辆行驶的环形通路，这种上下交错、人车分流、并行不悖的主体交通，不仅增添了整体建筑群的动态感和曲线美，而且确保了在大型群众活动中，人流的及时疏散和车辆的行驶安全。其独具匠心的设计，在国内国外都可称为一绝。

第十一届亚运会羽毛球赛场设在北京体育馆内。北京体育馆于1955年在天坛东侧建成，建筑面积2.4万平方米。北京体育馆由比赛馆、练习馆和游泳馆三部分组成。

除三个主馆外，还有自行车赛车场、田径场和一个长方形的薄壳屋盖网球馆，以及其他训练场馆。

亚运会羽毛球的比赛馆，房屋结构为成对布置的钢架，上部有玻璃采光窗。它的比赛场地高度为25米，面积为36.40米×22.40米，四周置有600个观众席位。

北京东郊的平谷水上运动场是供第十一届亚运会皮划艇、赛艇比赛的场所，其位置在距北京市区100公里外的平谷县海子水库。

这个水上运动场是这次新建造的，2000米长的比赛航道完全符合亚运会比赛的要求，岸上裁判塔、工作间、运动员休息室、快餐厅一应俱全，白墙红顶，茶色玻璃，十分雅致。

在水上运动场旁边，以海子水库为主景的金海公园旅游风景区，也以崭新的面貌欢迎中外旅游者光临。

第十一届亚运会柔道比赛将在月坛体育馆举行。月坛体育馆平面呈八角形，体育馆端庄稳重，外墙面以玻璃幕墙与实墙相结合。场馆内虚实对比，给人以简洁明快的感觉。馆内有2800个固定座位和340个活动座椅，内墙面贴有壁毯，隔音效果非常好。

昌平自行车运动场是第十一届亚运会赛场自行车比赛场地。它位于北京昌平县城，占地约4万平方米，曲面跑道是自行车场的核心，它全长333.333米，精确度达国际水平。跑道面首次采用水泥结构。

自行车运动场内为双层透空曲折式看台，环绕在赛场四周，造型活泼明快，可容纳6000名观众观看。

另外，在亚运会历史上，首次具有中国特色的项目——武术比赛将在海淀体育馆举行。

颇具中国民族风格的海淀体育馆，呈现在人们面前的是孔雀蓝的屋顶、白色的墙壁和褐色的玻璃幕墙。馆内有2900个座席、优质的音响设备和广播电视用房等。

丰台棒垒球场是进行垒球比赛和棒球表演赛的场地。主办者把位于球场一侧的看台设计成"V"形，以便于观看。这里可容纳3110名观众。

不久，运动健儿们将在这些精美的场馆中进行激烈的角逐。

确定北京亚运会的奖牌

1990年,第十一届北京亚洲运动会组委会确定北京亚运会奖牌的图案。

北京亚运会三种奖牌图案相同,正面刻有奥运会五环标志、亚奥理事会会徽和代表亚奥理事会成员的38个小环,四周环刻代表本届27个竞赛项目的小星,以及英文"永远向前"文字。

奖牌背面上方刻有第十一届亚运会会徽及长城图案,表示在中国北京举行这届运动会。

金牌为纯银镀金,银牌为纯银,铜牌为铜质合金。奖牌的规格相同,直径为60毫米,厚1毫米。

奖牌雕刻精美,工艺精湛,还采用了保护措施,可以令奖牌10年光泽如新。

第十一届亚运会设金、银牌各308块,铜牌355块。如比赛中出现前三名并列情况时,每人都将发1块奖牌。

有些项目的比赛是团体或集体项目,获奖运动员每人都有1块奖牌。在第十一届亚运会上,实发金牌752块、银牌752块、铜牌848块。

第十一届亚运会的奖牌全由中国人民银行金币总公司承制,上海造币厂制成。

亚运会召开在即,一些高级官员谈论起中国的金牌数的情况时，国家体委主任伍绍祖向各级体育干部提出了严格的要求。在谈到加强思想政治工作和组织工作之后，伍绍祖特别指出：

中国代表团的金牌计划一定要落实。

伍绍祖还透露说："中国运动员将在田径、游泳、跳水、水球、射击、举重、赛艇、体操、皮划艇、武术、击剑、柔道、自行车13个重点项目中争取更多金牌。在羽毛球、乒乓球、足球、排球、篮球5个影响大的项目中争取有所收获。在其他的项目中也要想办法拿奖牌。"

伍绍祖希望中国运动员解放思想，轻装前进，顽强拼搏，为国争光。他说：

对运动员来说，爱国主义的集中体现就是要力争拿金牌。

亚运会组委会副主席张百发表示：

中国要保持金牌数第一，需要取得103枚到155枚金牌。我国运动员比较成熟，但中国选手在本届亚运会上要取得155枚金牌的可能性很小。

亚运会的宗旨是团结、友谊、进步。北京

花费 3 年时间为亚运会搭建舞台，目的是希望亚洲各国和地区的运动员在亚运会上创造优异成绩。

但是，我是中国人，我希望中国运动员在亚运会上夺取金牌总数第一。这不是本位主义，是爱国主义。

亚运会组委会副秘书长、中国奥委会秘书长魏纪中说：

中国已连续在第九、第十届亚运会上取得金牌总数第一名。在第十届亚运会上，中国运动员夺得 94 枚金牌，占金牌总数三分之一。按这个比例数估计，中国运动员需要在本届亚运会上夺得 308 枚金牌中的 103 枚。而要稳拿金牌数第一，就应该取得超过金牌总数的一半 155 枚。中国运动员究竟能拿多少金牌，只有到 10 月 7 日亚运会结束时才会知道。

另外，随着北京亚运会开幕日期的临近，谁将摘取北京亚运会首枚金牌，成为人们热议的一个焦点。热切期待亚运会开幕的人们，心中不禁要估测一番。

第十一届亚运会预计产生 308 块金牌，9 月 22 日，开幕后的第二天，即 23 日开始决出金牌。

这一天将产生金牌8枚。产生金牌的项目为：游泳4枚、体操男子团体1枚和女子举重3枚。

女子举重，在这天下午便能决出44公斤级和48公斤级的金牌；游泳的决赛要到晚间才举行；体操团体赛也得在晚上八九点钟才能排出名次。因此，金牌归属要晚些才能知道。

这样的话，如果大会赛程没有什么变动，本届亚运会首战告捷、第一枚金牌的获得者，将会在北京地坛体育馆女子举重赛场产生。

那么，第一块金牌的获得者，又会是谁呢？

根据近年来国内外比赛的成绩来估计，最有希望的候选人应首推中国队17岁的海南姑娘邢芬，因为她是1989年44公斤级总成绩的世界冠军和全国冠军，也是世界纪录的保持者。

国际认可中国兴奋剂检测

亚奥理事会的规程中还规定：

主办亚运会的国家，也必须同时呈报兴奋剂检测的工作。

兴奋剂检测的工作对于中国来说，还是一项不小的挑战。我国科研人员要白手起家去建立一个世界上只有不到20家的高技术兴奋剂检测中心，风险很大。因为，世界上那些先进国家筹建一个合格的兴奋剂检测实验室，至少要花8至10年的时间。在此时，我国却必须在3年多的时间内建成，困难的确很大。

1985年底，国家体委副主任张彩珍到世界上第一批获国际奥委会医学委员会承认的实验室，即民主德国兴奋剂检测实验室进行考察。

回国后，张彩珍就立即召开了会议，讨论建立中国自己的兴奋剂检测中心，并争取在1990年北京第十一届亚运会召开前通过国际奥委会医学委员会的考试。

1986年，中国医学科学院药物研究所的大楼门口又挂出了一块白色的牌子：

中国兴奋剂检测中心

名为"中心",实际连半平方米的实验室都没有,工作人员、设备都是药物研究所的。该所大楼北面有一排平房,那就是"中国兴奋剂检测中心"的临时实验室。

兴奋剂检测中心主任是 65 岁的周同惠教授。周同惠教授在接受任务时说:"这是我们国家的一件大事。"他像年轻人一样激动,感到了一种使命感。

1987 年 11 月,实验室装修完毕,从美国惠普公司买来的十几台分析仪器也安装调试成功,实验室的工作终于拉开了序幕。此后,加拿大、民主德国、南朝鲜等国的专家也相继前来传经讲学,使我国的兴奋剂检测研究得到了很好的发展。

1987 年以后,我国兴奋剂检测中心先后派出了 4 批工作人员去外国的实验室短期学习。

在中国兴奋剂检测中心,科研人员已全然没有了正常的生活秩序和工作时间。用药物研究所大楼的值班员的话说:"实验室的灯,夜里几乎没有熄灭过,就连大年三十也如此。"

花甲之年的方洪矩在药研所的工作时间是 7 时 30 分至 16 时 30 分,可是方洪矩自从当上那个攻关小组的组长后,工作时间便大大地延长了。

然而,还有更大的困难在前面。科学实验,必须积累丰富的经验,他们必须做人体实验。

在国外，做此类实验时，一般都是用高价请志愿者服药取其尿样。而他们没有那么多钱，有时连一些实验必需品都无钱购买，更不用说花一大笔钱请志愿者服药了。他们不约而同地想到了自己，自己服用，既省钱，又快速准确。

他们比任何人都清楚服这些违禁药对人体的危害。这种药不仅会导致精神压抑、肝功能异常以至癌变，甚至死亡。但是，他们还是义无反顾地这么做了。

方洪矩先后3次服药，一天8时30分，他服用了10毫克的羟甲左吗喃，这是一种反应强烈的药物。11时多，老方顿觉头晕目眩。当他从食堂买了饭回来，便支持不住了，一放下饭碗，他就吐了一地。懂得医学知识的他赶紧躺在床上，呕吐仍然不止。

他的学生赶紧打电话到急救中心，将他送进了急救室。医务人员一时也不知如何处理。直至16时多，老方才停止呕吐。此时，原本气色就不太好的老方脸已成青紫色。此后的4个多星期，他的胃功能一直恢复不过来。当他的身体一好，他又拿自己当实验品了。在所里，他是服药次数最多的。不仅如此，他还动员自己的儿子服了两次药。

所里的周岭是一个英俊的小伙子，可他有一段时间却身边不离尿瓶子。那是在他服下了两片呋塞米之后，10分钟就有一次尿意，并且尿是平日的3倍。由于不允许额外补水，两天之后，他整个人便脱水了，自身的新陈代谢也被打乱了。

此外，在平静的实验室里，也会面对死亡的威胁。年轻的陈超1987年从北京医科大学毕业后，就参加了实验室的工作。他服用了一种叫麻醉镇痛剂的烈性药后，突然昏了过去，被送到北京急救中心抢救后才脱离危险。

3年来，实验室的人们都经受过服用违禁药物带来的痛苦，他们这种忘我的精神实在可贵。

1988年底，兴奋剂检测的各项检测手段都已健全，可以正式分析尿样，此后便开始运用在我国参加国际大赛的运动员的兴奋剂检测工作中。

1989年3月，中国兴奋剂检测中心迎来了建成之后的第一次考试。主考官是"兴奋剂检测之王"、西德科隆兴奋剂检测实验室的曼弗列德·多尼克教授，他带来了20个尿样。这就是给中国研究人员出的试题。

多尼克教授将其中的10个尿样交到了中国研究人员的手中，要求他们在24个小时内告诉他筛选结果。

中国研究人员拿出了十二分的精细和认真，24小时之后，结果出来了，答案全部正确。

这是一个很好的开端。多尼克教授破例给中国的同行们提出了几点实验中应注意的问题和事项。考官满意地离开了北京。

一个月后，兴奋剂检测中心又将密藏在冰箱中的另外10个尿样拿了出来，然后将结果及时地传给国际奥委会医学委员会。结果，又得了一个满分。

国际奥委会医学委员会为此专门发来贺电，对中国的科研人员所取得的优异成绩给予充分的肯定和祝贺。国际奥委会医学委员会作出决定，让中国兴奋剂检测中心参加了两次水平考试。

这种水平考试是每年对合格实验室的测验。每次考试，考官给考生们4个样品。而每次，我国的研究人员都把答题做得非常出色。此后，中国兴奋剂检测中心又接受了第三次预考，成绩依然非常优异。

在多尼克教授的促成下，国际奥委会医学委员会于1989年10月，同意中国兴奋剂检测中心进行正式考试的申请。

11月8日，国际奥委会医学委员会委员、民主德国兴奋剂检测实验室主任克劳斯尼泽尔博士来到北京。他此行是受命于国际奥委会医学委员会，担任执行考官的。

这是一次决定中国人能否获得国际公认的兴奋剂检测权利的最后正式考试。

11月9日11时，克劳斯尼泽尔博士走出首都机场，乘车前往中国兴奋剂检测中心。

他将提前空运的保存在冰箱中的10个尿样取出来，仔细地检查了一下包装，确定没有拆封的痕迹后，便于12时拆开包装，将10个尿样郑重地交到了周同惠主任的手中。

11月10日12时是考试的最后期限。实验室里充满了紧张的气氛。

在有限的时间里,科技人员凭着熟练的技巧和敏捷的思维,顺利地通过了这次严格的考试。

克劳斯尼泽尔博士怎么也没料到,经过一昼夜的奋战,中国的研究人员居然在第二天上午就奇迹般地完成了那样高难度的考试。

克劳斯尼泽尔博士满腹狐疑地走进实验室,仔细地倾听着每一个样品的检测结果。

在研究人员回答完全部答案后,克劳斯尼泽尔博士非常满意地"啪"的一声合上了手中的笔记本,说道:"OK!"

全室沸腾了,人们欣喜地鼓掌,许多人流下了热泪。克劳斯尼泽尔博士也兴奋地说:

我曾担任过5个国家的监考工作,你们发出报告的时间是最快的,还不到24小时,而且结果又是全部正确。我本来为你们准备了一份很有我们民主德国民族风味的庆贺蛋糕,可是我没料到你们会这么快,蛋糕放在宾馆里没有带来。你们中国人太聪明了。我提议,拿香槟酒来,为你们的成功干杯。

1989年11月11日,新华社向全世界发出了电稿:

中国兴奋剂检测中心近日在接受国际奥委

会医学委员会的合格考试中，正确无误地测定了全部 10 个尿样，这意味着该中心在取得奥委会合格证的艰难历程中迈出了最关键的一步……

克劳斯尼泽尔博士回国后，向洛桑国际奥委会总部汇报了考试的全部过程。随后，中国兴奋剂检测中心将一厚本的材料寄给了国际奥委会医学委员会。

国际奥委会医学委员会组织 5 位专家审定了中国的报告，一致同意中国兴奋剂检测中心为合格的兴奋剂检测实验室。

12 月 8 日，国际奥委会第一副主席、医学委员会主任亚历山大·梅罗德亲王写信通知中国兴奋剂检测中心，国际奥委会正式承认其为合格的实验室，并委托中国奥委会主席何振梁把信带回国。

1990 年 1 月 11 日 17 时 45 分，在北京的人民大会堂，中国兴奋剂检测中心主任周同惠教授，从国家体育主任伍绍祖手中接过了国际奥委会的证书。

它标志着世界上第二十个国际兴奋剂检测中心在中国诞生。这在亚洲是继日本、南朝鲜之后的第三个合格实验室。

二、加强保障

- 亚运会组委会一位高级官员称:"'万无一失,是中国警方追求的最高目标,人们不必为安全而担心。"

- 1987年6月,第十一届亚运会医务部建立,医务部下设卫生防疫、食品卫生、医疗保健、急救、女性性别检查等机构,工作人员有36人。

- 1990年2月8日,原北京市市长、中顾委委员、75岁的焦若愚正式接受第十一届亚运会组委会秘书长万嗣铨送交的聘任书,出任亚运村村长。

做好医疗食品卫生服务

1987年6月,第十一届亚运会医务部建立,医务部下设卫生防疫、食品卫生、医疗保健、急救、女性性别检查等机构,工作人员有36人。

北京亚运会是大型综合性的国际运动会,是亚洲体育最大的盛会,医疗保健工作是一个很重要的方面。亚运会医务部所有的医务人员和工作人员按照组委会要求强化培训,在服务态度、外语水平、救护技术等方面精益求精。

在亚运会期间,医务部抽调和组织北京市各大医院870多人,担任几十个比赛和训练场馆、运动员驻地的医疗保健工作。

各大医院还要设立专门接收运动员的门诊,并备有直升机、救护车等设备。每一场比赛,急救人员都要做到"同步待命"。

医务部制订出北京亚运会期间各项工作的详细方案,所有的医疗器材、药品、设备都作出了妥当安排,以确保万无一失,创造国际一流的医疗保健服务水平。

此外,北京市防疫站还出动大量人员,对北京市所有饭店、宾馆进行卫生检疫。

亚运村内设有医疗中心,还在北京饭店贵宾楼、大都饭店、新闻中心等处设立了 6 至 7 个医务室，负责治疗、食品、卫生、环境卫生等方面的工作。

在食品方面，医务部则格外关注，因为食物是每个人每天所必须摄入的。

参加北京亚运会的各国运动员和来宾不仅有机会领略中国异彩纷呈的饮食文化，而且还可以享用东道主提供的地道的西式菜肴。

亚运会期间，参赛运动员、教练员将达 6000 人。设在运动员亚运村服务中心的餐厅，可同时供 2500 人用餐。

餐厅的烹调服务工作由北京著名的友谊宾馆、西苑饭店、莫斯科餐厅和西城区饮食服务公司承担。他们将创造第一流的服务水平。

运动员食谱特点是品种多样，风味齐全，营养丰富。

亚运会期间，还有成千上万的海外旅游观光者来到北京亚运会。餐厅将向各国客人提供既有中国特色又具有各国、各地区、各民族口味的饮食，尽力做到"众口能调"。

我国有关专家为参赛运动员和各国来宾设计出丰富多样的中西式和清真用餐食谱，所需肉、蛋、奶、蔬菜和水果的生产调运工作夜以继日地进行着。

为了保证北京亚运会期间外宾食品的供应，北京市选定了 150 多个定点生产单位，建立了 5 个特种蔬菜的生产基地。

北京市蔬菜生产基地引进的 50 多个国外蔬菜品种也长势喜人，能源源不断地供应亚运村和各大饭店的需要。

此外，厦门大学蜗牛养殖加工公司向亚运会捐赠了 12 万元名牌蜗牛产品，他们出产的"华农牌"速冻蜗牛罐头、软包装真空即食蜗牛菜达到国际先进水平，早已畅销欧美。

在第十一届亚运会期间，运动员和各国来宾将会品尝到地道的西式蜗牛大餐。

电视台制订节目传送计划

1989 年 4 月 14 日,在新落成的中央电视台彩电中心,张百发在"关于 1990 年北京亚运会电视转播协议"上写下了自己的名字。

将北京亚运会的盛况通过电视转播传送到亚洲乃至世界各国和地区,终于在这一天落实了,亚运会组委会的负责人都松了一口气。

在澳大利亚亚洲广播联盟年会上,当会议讨论北京亚运会电视转播的规模时,中国代表透露了亚运会组委会确定的最初方案:

> 亚运会期间,将选定 8 个场馆同时进行实况传送和转播,对购买亚运会报道权的外国广播电视机构提供视频和音频信号,负责节目的传送,还为其提供节目制作用房、设备和办公室。

这是中国根据自身能力而制订的草案,按照当时的条件,中央电视台也只能做到这个地步,然而却难以满足其他国家的胃口。

因此,当中国代表的讲话刚刚结束,会议大厅里一片哗然，有的是不满，有的是讥笑。

我国代表离开悉尼后，心情非常沉重。

这个信息反馈到北京后，领导人也意识到对自己的要求标准太低，没有赶超人家的勇气。

北京亚运会组委会和中央电视台重新对北京亚运会的电视转播计划进行了讨论，决定扩大转播规模，提出的目标是不低于汉城亚运会。

此时此刻，中央电视台的同志怀着为国争光、为中国人争气的信念，倾其全力，购买设备，添置设施，一门心思搞好亚运会的电视转播。

也正是在"人人办亚运，全国人民都是东道主"的信念支持下，全国由17家省、市电视台和北京广播学院组成了一支庞大的转播大军，一同承担起这项艰苦的转播任务。

地方台不仅仅出人，而且还带来了转播车，被亚运会组委会负责人称为"连人带马进京城"。他们的心中只有一个想法，让北京亚运会的电视转播达到"客人"满意的水平，为中国人争光，为亚运会添彩。

在中央电视台加紧制订亚运会转播计划的同时，北京也进行着两项与此相关的巨大工程：一个是中央电视发射塔；另一个是国际新闻广播电视交流中心。

这两项工程建筑与中央电视台的彩电中心大楼形成了一个尖形的三角形，人们自豪地称之为"电视金三角"，这个金三角是亚运会电视转播的中坚。

中央电视发射塔位于风景优美的玉渊潭湖畔，高高耸立，是一座夺人心魄的建筑杰作。这座与蓝天比高的电视发射塔，高381米，仅次于加拿大的多伦多塔和苏联的奥斯坦塔，排在世界第三位，而在亚洲的所有建筑中，它堪称"亚洲第一塔"。

中央电视塔建成后，将使广播电视通信设施落后的现状大为改观。

此外，电视塔的另一个重要功能就是直接服务于北京亚运会，到1990年9月亚运会召开时，微波机房和微波平台将正式投入运转，发挥效益。

遍及北京市的33个比赛场馆的各项比赛实况，包括中央台和北京台以及各国电视记者采访的电视转播，均可汇集到中央电视发射塔相应的发射机房控制室，转光缆或通过卫星再送回各自的中心播出。

第十一届亚运会的圣火要在北京点燃，全国的电视观众、各个国家和地区的人们，将要通过荧屏饱览亚运会的盛况。

但是很少有人知道，亚运会电视转播的准备工作，是在无数令人难以想象的困难中进行的。

亚运会的电视转播，主办国与非主办国是大不相同的。是否东道国，所提供的设备和人员的差别之大是令人无法估计的。

以1988年汉城奥运会为例，我国中央电视台播出181个小时的电视节目，共派出20人的采编及技术人员，未出动一辆转播车。而东道主则投入4000余人从事转播、录像和技术工作，共出动42辆转播车，总共向各个国家和地区电视台提供了2000多小时的电视节目。

各国电视台完成综合运动会的报道任务，主要是通过东道主提供的节目，选择与己有关的内容，配上本国语言的声音信号，通过卫星线路传回本国播出。节目的背后，凝聚着东道主电视机构浩繁而艰辛的劳动。

1989年4月，"亚广联"体育研究组会议在新德里举行，中国代表怀着与出席悉尼会议时迥然不同的心情步入会场。中国代表的发言铿锵有力，宣读了北京亚运会的电视转播计划。

亚洲各国、各地区电视界的代表静静地听完了中国代表团的讲话，都向中国代表点头、微笑。他们说："中国筹办亚运会做了很多，对你们的计划我们表示满意。"

这一次的计划是：东道主将向各国提供田径、跳水、水球、羽毛球、篮球、拳击、足球、体操、手球、曲棍球、柔道、乒乓球、网球、排球、举重、摔跤、武术17个项目的实况转播或录像。其余10个项目则使用便携式摄像机拍摄，并提供经过编辑的比赛素材。

1989年11月，亚运会广播者会议在北京举行时，中央电视台又向亚洲20多家电视机构的代表宣布，实况转播的场馆增至20个。

117个实况转播的项目中，有10个提供包括预赛在内的全部实况，转播中出现在荧屏上的图解和英文字幕，东道主正加紧筹划,其努力目标是国际水准的。

邮电部发言人也自信地向与会者宣布:

> 亚运会时,可提供印度洋和太平洋上空8到10路卫星通道,供各国和地区电视机构租用。

中央电视台历来是国际体育采访的客人,这一次"反客为主",无论是工作难度还是工作量,都是极其可观的,担子异常沉重。

第十一届亚运会共有33个比赛场馆,分散在北京城的四面八方,筹备工作中首先解决了现场的转播设备以及传送问题。

由中央电视发射塔、国际转播中心大厦和中央电视台彩电中心组成的第十一届亚运会电视转播中枢,在亚运会期间,将以最快的速度把亚运会的盛况全面、形象、生动地转送到亚洲及世界各地。

亚运会期间,为满足各个国家和地区电视机构的需求,经与邮电部门协商,特决定把现有4条卫星转播通道增加到8条卫星转播通道,或者10条通道,确保电视节目顺利传出。就卫星转播通道而言,是汉城亚运会4条卫星转播通道的两倍。

亚运会期间,由于电视画面与电脑系统联网,观众可以在画面上看到中英两种文字的人名、国名、成绩、名次等。

在游泳、跳水、花样游泳等项目的转播中,观众还可以通过水下摄影机看到运动员的水下动作。

此外,在体操、摔跤等项目上,还将首次使用固定微型摄像机,俯拍运动员的动作。

在自行车、马拉松、赛艇等项目及开幕式、闭幕式上,还将出动直升机航拍,电视观众可在荧屏上饱览亚运会的壮观场面。

中央电视台台长黄惠群曾用"压力大、难度大"来形容第十一届亚运会的电视转播工作。

了解亚洲和欧美各电视台的需求,调试各场馆、中央电视台、卫星地面站等线路,组织千余人的采编人员队伍……压力和难度是可想而知的。

在紧锣密鼓的亚运会电视转播的准备工作中,首次承担这一繁重、艰巨而又光荣任务的中国电视工作者们,在无数难以想象的困难面前接受着考验。

圆满完成第十一届亚运会的电视转播任务,是中国广播电视工作者的愿望,也是亚洲及其他地区广播电视工作者的共同愿望。

1990年4月下旬,"亚广联"第六次体育研究组会议上,又传出新信息:

"第十一届亚运会竞赛和节目传送计划"已经编制出来,这个计划显示出北京亚运会电视转播的总时间为870小时。

届时，中央电视台每天要拿出两套节目的比赛实况，每次新闻节目内和随时的话播，将向观众报道比赛的最新消息，以及丰富多样的专题。中国广大电视观众将会大饱眼福。

据说，对国内播出的时间虽没有精算，但是肯定会大大超过汉城奥运会报道的181个小时。

公安交通部门出台交管方案

1990年,第十一届北京亚洲运动会召开在即,北京交通管理部门进入了紧张而忙碌的工作中。

首都交通秩序的好与差,关系到亚运会能否顺利进行。北京在实现为迎接亚运会召开而制定的综合治理标准方面,作出了艰苦的努力。

在北京亚运会期间,仅专门供运动员、工作人员、记者和来宾使用的机动车就多达2500余辆,其中大轿车和面包车各550辆、小轿车1200辆、特种车200辆。

由亚运村至各赛场和新闻中心的单程行车距离总和为550公里,计划开设120条定时直达班车线路。此外,在所有的赛场均设立出租汽车站,提供临时服务。

届时,北京市公交公司还将根据赛场的分布,为观众加开22条公共汽车路线。

其实,为了保障亚运会的圆满召开,中国相关部门早就开始兴建立交桥,并开通马路,以保证这些车辆的安全行驶,以及所有线路的畅通无阻。

北京市城建部门在亚运会交通主干线上先后兴建了5座立交桥,开通了5条马路。

组委会交通部还专设了4个大型调度中心和若干交通协调处,并根据全市车流和路面状况,逐一选定、统筹规则具体行车路线。

组委会交通部部长程毅向记者介绍说:"各代表团和贵宾统一安排专车,运动员、教练员、裁判员和新闻记者乘坐班车,此外在新闻中心和各比赛场馆将有出租汽车服务。"

建立良好的社会秩序,是首都社会主义精神文明建设的重要内容之一。要开好亚运会,必须大力整顿交通秩序,确保交通安全和畅通。整顿路面上混乱的自行车秩序是确保交通畅通的关键一点。

从1989年1月至11月份的交通情况来看,经常发现骑自行车的人闯红灯、越线和到处乱停车,仅有案可查的对自行车的处罚就达205万余人次之多,这对全市登记在册的740万辆自行车来说,实在是一个不小的数字。

因此,有关方面提出:

特别是要以整顿自行车秩序为重点,全面开展交通秩序整顿。

令人欣慰的是,首都人民喜迎亚运会,以主人翁的高度责任感,积极配合搞好公共交通,共同努力,奏响了迎接亚运会的前奏曲。

北京市各大出租汽车公司采取脱产轮训的方式,分别对所属司机进行文明礼貌待客、简单英语会话等方面的教育。

组委会交通部为所有亚运会专用车制作了不同的车证，制定了各级调度员和驾驶员的服务标准、规程和守则，拟订了培训计划，并规定须有3年以上驾龄者，方可担任亚运会专用车司机。

北京的交通管理将采取错峰、夜运、分号行驶等行之有效的方法，来应对亚运会期间交通拥堵的问题。

"错峰"是指亚运会车辆尽可能错开上下班时间车辆高峰期；"夜运"是说车辆只准在夜间行驶；"分号行驶"是规定车辆按脚号的单号或双号隔天行驶。

召开亚运会时，亚运会车辆将配备统一车证，主要走二环路、三环路和四环路，以避开其他车辆多的路线和人口稠密区。

运动员、教练员、记者可以凭身份卡免费乘坐公共汽车和地铁。

可以说，为了保障第十一届亚运会的正常交通秩序，我国动用了一切可以提供的保障方案。

保安部门加大安检力度

1990 年，保安部门在亚运村、体育场等处安装了世界上最先进的安全检查设施。

亚运会组委会一位高级官员称：

"万无一失"是中国警方追求的最高目标，人们不必为安全而担心。亚运会的安全是有保障的。我们国家的形势现在是安定的。中国警方有信心圆满完成亚运会安全保卫工作这一重任。

按照国际惯例，北京亚运会期间将施行严格的安全检查制度。

北京亚运会成功与否，关系到我国的国际形象和声誉，安全保卫问题是北京亚运会成功举行的一个重要保证。对此，我国政府给予高度重视。

早在几年前，一支 4 万人的保安部队就悄然组建完毕。这支拥有世界上最先进装备的精锐部队组成立体保安网，保卫亚运会的安全。

为防止国内外恐怖分子的破坏，中国警方已将各种犯罪分子的资料输进电脑，并成立了一支高度机动化的防恐特别行动队，一旦发现有危害亚运会安全的情况，则立即采取行动。

由此我们可以得出这样的结论：北京亚运会是一个安全的亚洲体育盛会。

此外，为确保亚运会比赛和练习场馆、亚运会和各大饭店、酒家的建筑不被雷击，第十一届亚运会在这些建筑物上采用半导体消雷器，以取代避雷针。

这种由我国著名高压电专家解广润教授等科技人员研制的半导体消雷器，已广泛应用在国防、石油、气象、通信广播等部门，10多年来，均未发生人身及仪表设备等事故。

半导体消雷器延用将雷电引入地下的传统避雷方法，采用主动出击，自动发出电流，把空中的电荷中和掉，确保建筑物在遭雷击时的安全。

中国为保障亚运会的顺利召开，在安全保障方面做了极为细致与严格的工作。

北京市前门东大街39号，就是北京市公安局总部所在地。

随着第十一届亚运会日期的一天天临近，这个负责全北京市安全的执法机构也感到肩上担子的沉重。在这座大楼里，气氛是异常的严肃而紧张。

亚运会即将召开，北京市公安局局长苏仲祥声明：

此次亚运会保卫工作的总体方针只能走

"群众路线"。

"群众路线"一直是我们党和人民克敌制胜的法宝。只有这样，才能在举世瞩目的北京第十一届亚运会期间保证安全。

另外，各国运动员来到中国与各国宾朋回国之时，迎接他们的和送他们最后离去的，是北京火车站和首都机场这两个窗口。

北京站的治安具体由两个单位负责管辖，北京站公安段和站前派出所，前者隶属铁道部公安局北京铁路分局；后者则隶属北京市公安局北京站地区公安分局。

虽然这两个单位各有管辖区，各司其职，然而他们同样担负着北京站及车站附近的治安重任。

公安段有干警300人，然而每天进出北京站的人数却达到20万左右。就是这些干警，每时每刻都在忠诚地履行着自己的职责。

公安段位于北京站广场东侧，段长是姜战林，他同时还是北京铁路公安分局的副局长。

据姜战林介绍说：

> 为了确保亚运期间北京站的安全，北京站公安段正在干警中进行"亚运意识、首都意识、窗口意识"的教育，增加亚运紧迫感，从内务管理、岗位执勤、文明服务入手，同北京军区

某部队搞军警共建，进行军事训练。干警每天上岗的都要列队，检查警容风纪，并在干警中开展百句英语会话训练，以保证在亚运期间的文明执勤。

与此同时，他们还积极组织警力开展打击流窜犯、盗窃、抢劫、诈骗等危害旅客安全的活动。

在北京站口路西的一条名为"洋溢"的胡同里，坐落着站前派出所简易的办公地点。

这个所里的干警，担负着整个站区的治安管理，中央首长、重要外宾抵离站区的警卫以及查缉堵截、收容等任务。

据该所负责内勤、联防的史敬副所长介绍：

为迎接亚运会，从今年年初起就开展了"迎亚运岗位练兵活动"。

他们还在干警中印发英语500句，聘请武警部队的教官给他们进行队列训练，讲授调解治安纠纷等业务课。

该所还抽出11名干警组成射击队，经过数月训练，实弹成绩连连提高。

在一次射击实弹测验中，他们取得了各10发子弹，步枪平均81环，手枪平均76环的好成绩。

1990年2月27日开始，该所又开始接受防爆课程的训练。通过培训干警个人素质，让他们及时识破伪装，防患于未然。4月1日到5日，该所还进行了一次防爆演习，实践成绩非常好。

当记者询问他们如何应付突发事件时，史副所长说：

保护现场，疏散群众。

除了火车站的安全外，首都机场的安全更是重中之重。

早在1988年，南朝鲜汉城奥运会期间，在境内各个机场的外围，就有佩自动步枪的军人在旅客面前巡视。而机场四周的入口处，都设立了检查地，由笑容可掬的男女工作人员进行第一层检查。不论是当地人还是旅客，只要想进入机场，就必须接受检查。

入机场检查还不算什么，更厉害的要数海关检查。人在没有走过电子检查门时，都需将身上所有的物品取出，放入一个小篮内，由海关人员用手及电子仪器检查完后，待你平安走过电子检查门，才把东西退还给你，而行李则由X光机检查。

而且海关还规定，旅客一律不准将相机携带在身边，要携带也行，必须将相机内的电池取出，否则相机就由机场"保送"。所以，单单过这一关，就要耗上15到20分钟的时间。

那么，现在轮到北京来举办亚运会了，自然更要保证安全问题。

其实，北京的首都机场在世界各大国际机场中，其安全性一直是名列前茅的。

驻守在首都机场、担负边防检查和亚运会安全检查任务的北京边防局官兵，面对亚运会的来临，丝毫不敢松懈。

为了加强岗位练兵，提高官兵的业务素质和文明执勤的水平，北京边防局连续采取多项措施来保证安全。

他们举办业务知识大奖赛，以边防和安检业务为主要内容，结合中外旅客出境、入境管理法知识和各国的风土人情，寓教于赛，以赛促学，有力推动了业务练兵活动。

他们把日语、朝鲜语、阿拉伯语、蒙古语等亚洲国家的文明用语编成小册子，在执勤中推广"请字开头，谢字结尾"，提高了文明执勤的水平。

尽管首都机场安检设备首屈一指，但安检员们并不因此放松自己的工作职责，他们在"确保亚运安全，优质服务"上动脑筋，想办法。

为练就一双火眼金睛，他们还找来各种危禁物品，到安检仪上练功。

此外，在旅客入境后，又是一层安全问题。

预计亚运会期间，将会有20万海外旅游者来京旅游。到时，各国的驻华使领馆和代办处将是各国首脑人物、知名人士、运动员和旅游者出入的重要场所。而这些场所的安全保障也是一个重要所在。

使馆区处于亚运会会场工人体育场附近，位置特殊而敏感。能否保证使馆区在亚运会期间的安全，将是对我国安保工作的又一检验。

负责使馆区 117 个外事机构警卫任务的，是与工人体育场隔街相望的北京武警部队的外事警卫大队。自建队以来，它一直担负着使馆区的警卫任务。

使馆警卫是一项艰巨、复杂的政治任务，既要保证使馆安全，又要配合有关部门防范和打击间谍分子刺探情报和进行其他破坏行动，具有维护国家尊严和主权的责任。

使馆警卫哨兵有了这样的美称：

站在第二国境线上的哨兵。

随着亚运会的临近，支队领导从严出发，提出了"学雷锋，迎亚运，展示中国军人风采，站好礼兵哨"的口号，充分调动每一名干部战士的积极性，从思想上增强全体官兵的亚运意识。

同时，他们还制定严格的条令条例，规范干部战士的一言一行。

从 1990 年 3 月起，大队注意抓好哨兵的警容风纪，从统一着装、仪表、上哨、站哨、换哨、下哨、姿势等细节上入手，加强业务学习，提高战士的军事素质。

使馆区发生的任何一点小事，都会直接影响到国与国之间的外交关系。

为了应对亚运会期间在使馆区可能发生的各种情况，大队发动全体干部战士设想问题，提出"怎么办"。

如提出"犯罪分子在使馆前寻衅滋事怎么办？""别有用心的人在使馆区散发传单或搞非法活动怎么办"等问题。然后，总结、研究具体的应对方法。

外事警卫大队不仅警卫目标多达 11 个，而且亚洲地区的国家使领馆也多，其中阿曼、黎巴嫩、约旦、伊朗、新加坡等 5 个亚洲国家和联合国办事机构就处于他们的哨区。该警卫地区有关亚运会指定的饭店、指定的购物商场等也很多。

他们的任务之重可想而知。

对此，中队指导员表示：

尽管压力很大，我们也要绝对万无一失地保证亚运会期间使馆区的安全，避免重演1972年慕尼黑奥运会时十几名以色列运动员被杀的惨案。

在训练中，全队干部战士强化业务训练，苦练擒拿格斗术，提高射击水平。他们重点进行楼房攀登、房内战术、快速擒敌、心理战术、高精度射击等项目的训练。

他们还针对勤务特点，专门进行解救人质所采取的隔离、谈判、枪击、诱出伏击、化装袭击、声东击西、武力强攻等基础训练。

对于使馆区的安全保卫，支队有关领导表示：

> 没有折中的考虑，要保证它的"绝对安全"，做到"万无一失"。

除使馆区外，亚运村是各国运动员入住的地方，这一地区的安全性也尤其重要。

亚运村户籍派出所是1990年2月新成立的一个派出所，该所主要管辖亚运村的配套工程，即安惠里和安苑北里住宅小区，管界内有亚运村、国家奥林匹克体育中心、国际邮电中心等一大批新建的亚运会设施。

亚运村干警们主动与居民原迁出地派出所联系，了解情况，走访居民，积极筹建相关组织。

在亚运村办事处的支持下，他们很快成立了亚运村安苑北里居委会筹备组，管理居民事务，负责新建楼房的治安巡逻。

派出所还与驻地区单位联系，在1990年6月底前，从各有关单位抽调30人，组建亚运会地区治安联防队，在邮电中心和奥林匹克体育中心附近设立两个治安岗亭，昼夜值班。

根据亚运会安全保卫工作的要求，该所针对整个管界都处于亚运村周围400米之内，有些高层楼居民在家里就可以看见场馆里的比赛，扔块石头就能砸到场内的特殊情况，为确保亚运场馆及运动员的绝对安全，精心绘制了管界内临街等建筑物的地形图。

每个民警分段摸底，在很短的时间内摸清了管界内面对场馆的楼房。

对尚没有人居住的楼房，凡已交工的均严格封闭，加强巡逻，定期检查，没有交工的楼房均同甲方签订安全协议书，派出所随时抽查。

对于已搬进住房的 4 栋楼的 1404 个门窗阳台，布置居委会、治保会、有关内部单位和个人，逐一签订安全协议书，明确职责、任务，做到楼上有人看，楼下有人巡，层层有人管，确保亚运场所的绝对安全。

与此同时，该所还开展安全检查，发现和消灭隐患。他们要求居民将持有的气枪、猎枪交给派出所统一保管，到亚运会结束后再还给本人。

在一个月的时间里，亚运村派出所就集中收存了气枪 7 支，猎枪 1 支。

随着亚运会日期的临近，到 8 月底，还将有 7000 户居民陆续迁入安惠里住宅小区。届时，公安保卫任务将更加繁重。

整个派出所的干警，抓紧有限的时间，深化各项安全保卫措施，以确保亚运会绝对安全。

到了亚运会比赛期间，安全保障也就到了最关键的时候。那时，将有一辆白色的标有"神盾"字样的封闭式安全车,在亚运会各体育场馆和运动员村中巡游,随时准备应对各种不安全或可疑因素,并随时随地进行安全检查。

这辆标有"神盾"字样的封闭式安全车,就是由公安部第一研究所自行设计和自行制作的移动式X射线检查车。

这只是公安部第一研究所为亚运会提供的保安器材中的一种。而该所为亚运会提供的安全检查和保卫专用器材已陆续向亚运会保卫部门交货。

这些保安器材,将为亚运会的绝对安全提供必要的保障。

第十一届亚运会保卫部决定,由公安部一所提供亚运会主会场和运动员村所需的保安器材。

亚运会主会场工人体育场是举行开幕式、闭幕式以及足球比赛的重要场所,因此,它的安全格外受到人们的关注。

亚运会保卫部决定,将为主会场提供电视监控系统配套器材的重任交给一所。一所领导要求全所各部门协同作战,为完成亚运任务大开绿灯。

1990年4月,国际刑警组织香港支局代表团一行6人,在港方国际刑警代表团团长、香港警务处副处长石博德的率领下,应中国国家中心局邀请,来北京与中国国际刑警组织官员举行了工作会晤。

双方本着真诚合作的态度,谈到有关亚运会期间如何及时交流情报、防止国际恐怖犯罪染指北京亚运会等问题。

1990年4月,中国公检法司等单位召开联席会议。最高人民法院院长任建新主持了会议。中共中央政治局常委乔石发表重要讲话。

会上宣布,为确保亚运会的安全,稳定社会治安,公安机关将开展严打行动。

5月17日、18日和5月22日、23日,北京市公安机关组织了两次集中统一行动,调动社会力量,出动警力1.5万余人次,发动组织治安联防和治保积极分子数万人次,共摧毁抢劫、盗窃、杀人各类犯罪团伙148个,查获了一大批犯罪分子,破获各类刑事案件1144起,其中大案239起。

1990年5月23日下午,中共中央总书记、中央军委主席江泽民,国务院总理李鹏等党和国家领导人,驱车来到京郊武警北京指挥学校训练场,观看北京市公安干警、武警北京总队和特警学校的训练汇报表演。

这是中国历史上中央军委主席首次检阅武警部队。

15时30分,16颗红色信号弹腾空而起,拉开了训练汇报的序幕。

3000余名英姿勃勃的公安干警、武警战士和80辆"铁骑"组成24个方队,以排山倒海之势,依次通过主席台,接受党和国家领导人的检阅。

会上进行了擒拿格斗、抗击打功、防暴队形展开、警棍盾牌等技术课目的汇报演练。

只见近百名战士进行的防暴队形气势如虹，前后队形整齐划一，擒拿格斗一招制敌，抗击打功坚不可摧，警棍盾牌则如钢铁长城。

会上还进行了解救人质、排除爆炸物品、驱散闹事人群等带有实战背景的战术课目演习。

只见一名"不法分子"将一包爆炸物品置于一辆轿车底部，企图制造事端。

公安干警接到报警后，迅速出动，控制现场。

在引导员的引导下，3条训练有素、状态绝佳的警犬很快就发现了目标，转眼之间，警犬就将"不法分子"活捉。

而后，排爆手取出炸药，装于防爆球内，将其转移引爆。

在座的党和国家领导人看到，一个个战术课目背景真实，战术运用得当且具有实战性，都不住地点头称赞。

随后，战士们还演习了硬气功、特技。

这次汇报表演，得到了中央领导人的高度赞扬，也使他们对亚运会安全问题感到由衷的放心。

亚运村办事机构进村办公

1990年2月8日，原北京市市长、中顾委委员、75岁的焦若愚正式接受第十一届亚运会组委会秘书长万嗣铨送交的聘任书，出任亚运村村长。

按照国际惯例，亚运村村长应由在国内外享有较高声望的人士担任。

2月10日，焦若愚在亚运村举行的工作会议上宣布：

> 亚运会组委会批准亚运村建立村长办公室、礼宾处、交通处等机构。各办事机构陆续进村集中办公。

根据亚运村工作计划，将于9月8日开始正式接待运动员。亚运村升旗仪式司礼任务，交给武警北京总队乐队来办。

3月7日，亚运村常务副村长霍景林代表村长焦若愚，向军乐队正式颁发了聘书。

总队政委张世瑗在讲话中说：

> 军乐队能够接受这次光荣而艰巨的任务，充分体现了党和人民对武警战士的信任。

张世瑗要求军乐队要以强烈的政治责任感和优秀的艺术质量来保证这项任务的完成。

军乐队队长李方方少校、政委刘保禄少校，向与会领导汇报了前一阶段的准备工作，并表示了完成任务的决心。会后，军乐队进行了汇报演出。

1990年3月16日，亚奥理事会主席法赫德亲王来到北京，当他乘车驰上北四环路的安慧桥时，亚运村的建筑群尽现眼前。

千姿百态的建筑群，镶嵌在瓦蓝瓦蓝的天空下，或亭亭玉立，或雄伟挺拔，或婀娜多姿。这便是崭新的北京亚运村。

法赫德亲王对这一切不由得赞叹了一声，笑容在他那蓄满络腮胡的脸庞上绽放了。

亚运村的总建筑面积达17.7万平方米，那鳞次栉比的白色建筑群在阳光的照耀下，显得分外雄伟壮观。

这里的人们都流露出一种自豪感和责任感，他们表示，要用良好的服务，为朋友们创造一个公平竞争的环境，为发展亚洲体育、促进友谊和交流作出贡献。

亚运村以良好的服务设施，热烈欢迎亚洲体育健儿的到来。

在五洲大酒店的会议室里，这位来自拥有极为丰富的石油资源的科威特的亲王说：

举办规模空前的亚运会，实际上是亚洲人民向世界体育强国的一次挑战。

去年6月在一次国际会议上……我就说过，在北京举办亚运会，是中国青年也是亚洲人民的心愿，这是任何力量都无法阻挡的。如今已完全验证了。

现在我要说，我坚信北京亚运会将获得空前的成功。

确实如此，北京亚运会将成为亚运会史上最大的盛会。

随后，法赫德信步走进亚运村的中心公园，并亲手植下一棵松树，他兴奋地说："我也加入了义务劳动之列，为亚运会作了贡献。"

法赫德的目光投向落地窗外的亚运村建筑，欣赏着美丽壮观的景致，热情洋溢地赞扬了亚运会筹备工作卓有成效，非常出色。

是的，我国为亚运会倾注了极大的心力与物力，只是单单一个亚运村，就已经精美绝伦了。运动员所住的公寓是极为舒适的。运动员的驻地共修建了14栋公寓，其中6栋用来招待6500多名运动员，两栋作为记者公寓。

运动员公寓是一些13到18层的建筑，有1065套客房，分为一室一厅和四室二厅8种户型。

运动员公寓里铺设了地毯，这使前来参观的南朝鲜奥委会成员大为惊叹，他们误以为是临时为参观人员铺设的。

而运动员吃饭的餐厅，也别具风格。在公寓旁修建了一个两万平方米的大餐厅，上下两层，可以容纳2500人同时就餐。

就餐采用自助餐方式，中、西两种风格。这个宽敞、明亮的餐厅聘请了北京市的高级厨师，荟萃了不同风味的食品和菜肴，计划每7天为一个周期更换食谱，并且天天不重样。

考虑到参赛的代表团中有不少是来自信奉伊斯兰教的国家，便专门设立了清真餐厅，食品的每道程序均严格按照伊斯兰风俗习惯加工制作。

亚运会比赛的田径场、游泳馆等紧挨着亚运村，这些"大项目"的参赛选手只需步行几分钟便可抵达赛场。这样的布局受到亚奥理事会官员们的称赞。

另外，为了让各国运动员和记者有良好的娱乐、休息场所，亚运村还盖了一个有两万平方米的文娱中心康乐宫。

康乐宫设施先进，有水冲浪、水滑梯，以及完全由电子设备控制的模拟高尔夫球场地。还有36条保龄球道，网球、台球、乒乓球等设施，以及迪斯科舞厅、图书室、录像室、音乐茶座、咖啡厅和下棋打牌的地方可供选择，让运动员在比赛的空隙调节一下生活节奏。

此外，亚运村还设有服务中心、竞赛信息中心、购物中心、医疗中心、宗教活动场所、停车场等。代表团或哪位朋友遇到了困难，需要帮助，运动员想了解比赛和训练的安排，或有运动员不慎扭伤或生病等情况，都可在这里得到及时妥善的处理。

亚运村还专门设立了宗教活动场所，其中包括伊斯兰教、天主教、基督教和佛教活动室，由不同的神职人员为不同信仰的运动员和其他嘉宾主持宗教仪式。

为了减少运动员等车的时间，可供2500辆车停放的停车场就在村口。

亚运村的中心公园附近，一排排青绿的松树，在和煦的春风中摇曳，好像向亚洲的体育健儿招手致意。

由于日程安排紧，法赫德无法尽兴游遍这座"亚运之城"。在观看了运动员宿舍的内部布置后，他们只好怀着恋恋不舍的心情，赶往人民大会堂，拜会北京亚运会组委会领导人。

此外，国际奥委会秘书长兹尔芙尔女士在副村长许放的陪同下，也参观了"亚运村"和"记者村"。

她对这里现有的设施和准备工作表示赞赏，并透露，将安排国际奥委会主席萨马兰奇在亚运会开幕后，与运动员在运动员餐厅共同进餐。

兹尔芙尔女士是应中国奥委会的邀请前来北京参加工作会议的。

6月，亚奥理事会主席法赫德·艾哈迈德·萨巴赫亲王率领高级体育代表团再次访问北京，代表团由亚奥理事会各成员体育组织的负责人组成。

他们此行的目的是了解定于 1990 年 9 月 22 日在北京举行的第十一届亚运会的准备情况，并讨论和解决有关本届亚运会的问题。

他们相信所有有关亚运会的问题，都会在和平友好的氛围中得到妥善圆满的解决。

此外，亚运村将向参赛的各体育代表团每人赠送一个礼品包。

这是一个设计非常独特、新颖的背包，既可以装东西，又能折叠成"马扎"坐。

包内装有一个瓷杯，一支带线挂笔，若干化妆品，印有亚运会标志的两个塑料衣架，一块中号浴巾和两件 T 恤圆领衫，一枚纪念牌，两枚纪念章，以及《亚运村指南》、《亚运会场馆介绍》、北京市交通图和运动员班车时刻表等小册子或印刷品。

这些礼品虽算不得丰厚，但它们方便了运动员的生活，同时又具有特殊的纪念意义，表达了中国人民对亚洲各国和地区运动员的热情、友好、真挚的深厚感情。

挑选培训亚运会工作人员

1990年5月,第十一届北京亚运会的引导员和花束队员开始进行正规培训。

182名年轻漂亮的姑娘被赋予服务于亚运会的重任,她们将担任北京亚运会上各路代表团的入场引导员与花束队员。

这些青春少女均来自北京外事职业服务高中。在选定她们之前,北京亚运会组委会大型活动文艺展览部曾为此颇费周折,奔波往返于十几所大中专院校、职业学校,但都感觉不理想。

后来,他们把目光定在这所有名气的外事服务职业高中。

这所学校有1300名学生,600多名女生。为选出不到200名的礼仪小姐,还召回了历届毕业生。

半年多的选拔培训初见眉目,亚运会纪委会大型活动部才与该校签约,由学校承担此项任务。

亚运会期间,人的精神面貌包括礼仪规范等面临着考验。亚运会组织领导者意识到了这一点。

北京市委于1990年5月13日召开常委会,要求各行各业都要有迎亚运行为规范。

后来,据入选的姑娘们透露,选拔的程序是相当严格的，首先要面试，然后再录像，第一批挑选出来的学生，经过几星期培训后再挑选，直到合格为止。

此后，北京亚运村庞大的服务人员培训计划，有条不紊地稳步实施，取得了可喜的成绩。

另外，北京亚运会期间，运动员村的各类服务人员将达5000名之众，他们将承担运动员村的住房、餐厅以及各项娱乐设施的服务工作。

在系统的专项训练期间，还特地从受训人员中选拔出40位成绩优良者，进行了饭店前厅和客房技能比赛。

这些技能比赛除以当今世界最流行的饭店服务模式和规范为评比标准外，还由执教的英语教员假扮住客，向参赛者频频提出刁钻古怪的问题，以检测其应变能力、礼节礼仪，以及对亚奥理事会成员国家和地区风土人情的了解。

参加比赛的小伙子和姑娘们都应对自如，取得了良好的成绩，从而使观赛的专家们赞叹不已。

专家们的目标是，在亚运会召开前，使运动员村的5000余名服务和工作人员全部通过专门训练，以保证用第一流的服务质量，迎接各国和各地区的运动员和官员、记者。

此外，除精心挑选、严格培训亚运人员外，在亚运会筹备期间，亚委会还特地对所有亚运会用车司机进行集中训练。

训练期间，万余名出租车司机要认真学习为亚运会专门制定的车辆服务标准和规程,并且还要学习外语。亚委会要求他们能用简单的英语与外宾进行对话。

　　与此同时,一些公共汽车、电车的司售人员与乘客之间,往日那种争吵的场面正慢慢融化在一种宽容与理解的氛围中,社会风气越来越好。

　　可以说,为亚运会的到来,每个人都在做着自己力所能及的事情,每个人都希望能为亚运会贡献自己的一点微薄的力量。

三、全民参与

- 1990年2月27日,北京亚运会组委会工作会议决定:将亚运会第一位捐款人颜海霞同学作为亚运会贵宾,请上亚运会开幕式的主席台。

- 1990年8月22日9时,在北京天安门广场,举行"亚运之光"火炬传递活动的点火仪式。火炬正式传递人数为1万人。

中央领导关注亚运会筹备工作

1990 年 7 月 3 日,距北京亚运会开幕还有两个多月,邓小平来到亚运村。这已经是他第二次视察这里的建设。

86 岁高龄的邓小平站在体育场的高架桥上,兴致勃勃地环视眼前宏伟的建筑群,他满意地看着,不经意间问伍绍祖和张百发:"你们办奥运会的决心下了没有,为什么不敢干这件事呢?建设了这样的体育设施,如果不办奥运会,就等于浪费了一半。"

这是一个发问,也是一个信号,显然超出了大家的预想,在场的人都没有立即应答。

视察快结束时,邓小平语重心长地说:

> 我这次来看亚运村,就是来看看到底是中国的月亮圆,还是外国的月亮圆?看来中国的月亮也是圆的,比外国圆。现在有些年轻人总以为外国的月亮圆,对他们要进行教育。

周围的人听了,都点头赞同。

接着,他又指着周围高大的建筑物说:

> 亚运会建筑这么多,这么好,证明社会主

义好。应该让大家特别是青年人都来看看。如果不是社会主义好，北京能改造得这么快啊？社会主义能够集中力量办事，什么困难的事都能搞成。

有随手笔录习惯的伍绍祖在小本子上记下了这段话。后来，伍绍祖找出当年记录原话的文件夹，翻到那一页，十分感慨。

他说："小平同志两次视察亚运会体育设施和北京城市建设，不仅肯定了成绩，而且将这些成绩与社会主义的优越性和改革开放的成就结合起来。这在当时，对于那些怀疑社会主义的人，是一次极好的教育。小平同志提出申办奥运是经过了深思熟虑，放在改革开放的大局中考虑的。申办和举办奥运既是改革开放的一个标志，也是改革开放的一项成果。"

张百发回忆说：

> 北京亚运会上，小平同志看到排球决赛现场有"中国必胜"的横幅。他专门让人给我打电话，让把这个横幅摘下来，并且说"中国是一个大国，总是中国必胜，不好"。

1985年，邓小平提出"中国足球要搞上去，要从娃娃和少年抓起"。

1992年,邓小平看电视转播成都乒乓球大奖赛,中国队17岁的刘国梁打败外国名将。他说:"是个好苗子,真让人高兴。"

这些话语无不显示出小平同志辩证的思想方法和实事求是的一贯作风。

成功举办一次亚运会是申办和举办奥运会必要的积累,北京亚运会从决策到筹备的全过程,一直都得到了邓小平的鼎力支持。

张百发记得,北京亚运会的筹办曾在社会上引发争议,有人甚至说这是"劳民伤财"。为了争取更多人的理解,张百发在京城四处演讲。小平同志听说张百发在中国人民大学演讲效果不错,就让工作人员找来录像带认真地看。随后,让家人拿出他一个月的工资,捐给了组委会。

邓小平曾和家人来到建设中的亚运村工地,参加义务植树活动。

在种下一棵白皮松后,邓小平仔细询问了亚运村的建设情况、工程进度、资金筹措、赛后利用等。

邓小平对张百发说:"亚运会以后,所有场馆要对外开放,让群众到里面去健身。"

当邓小平于1990年提出"申奥"设想之时,由法国人顾拜旦创立的现代奥林匹克运动已走过了近一个世纪,中国与奥林匹克运动经历了从疏离、隔绝到慢慢靠近、亲切握手直至热情拥抱的百转千回。

正是邓小平有力地推动了这其中艰难曲折的进程，是他的远见卓识与磅礴大气，令国人开阔了心胸和眼界，加快了重返国际体育舞台的步伐。

在邓小平视察亚运村之前，江泽民、杨尚昆、李鹏、万里等中央领导人，于 4 月 1 日来到国家奥林匹克体育中心，参加义务植树劳动。

在北京市义务植树日，前来参加的中央领导人还有乔石、宋平、李瑞环、李铁映、秦基伟、丁关根、刘华清、温家宝等。中国领导人的到来，为亚运会增添了不少光彩。

在体育中心游泳馆东侧的空地前，中央领导同志挥锹栽种，为首都北郊宏伟的亚运会工程增添无限春意。

曾经担任过全国绿化委员会主任的万里委员长说："苗多树多了，首都绿化才会有一个大发展。"

中央领导人经过一段时间的忙碌之后，16 棵苍翠的油松、100 棵挺拔的望春玉兰迎风而立，沐浴在一片灿烂的春光中。这一株株绿意为亚运会增添了许多生机与活力。

全国人民热情支持举办亚运会

1989年10月26日,当年的大渡河勇士杨成武老将军,把3000元书稿费全部捐给北京亚运会。

此后,亚运会集资部汇编了一本《集资火花》,在这里面闪烁着不少璀璨的火花,杨成武老将军的捐款就写在了这上面。

下面是其中的一些集资"之最",这些故事只截止到1990年2月20日:

年龄最大的捐款人是原商业部研究院医师,现年92岁的罗新民,他于今年2月17日捐款1000元。

年龄最小的捐款人是现年1岁半的周乔,他于去年4月6日由母亲抱着以他的名义捐款10元。

第一家使用支票捐款的团体是北京国际艺苑服务有限公司,他们于1988年2月17日捐出5.4万元。

捐款最多的团体单位是北京市建委系统,已捐资2003万元。

捐款最多的医生是北京曙光医院医师肇恒

达，他于去年 12 月 5 日捐款 2 万元。

捐款最多的农民是北京通县的王泽芳，他于去年 11 月 24 日捐款 1 万元。

捐款最多的个体户是创办北京第一家个体出租汽车站的梁亚权，他于去年 2 月 8 日捐款 10 万元。

个人捐赠实物价值最高的是河北省香河县温永生，他赠送了 2500 台司机饮酒控制器，价值 100 万元。

捐款最多的个人是香港著名人士霍英东先生。他于 1989 年 1 月 12 日拿出 1 亿元港币，捐助亚运会，并建议一定要在第十一届亚运会举办女子足球比赛。他对亚运会寄予极大的希望。

捐款最早的知名人士是相声大师侯宝林老先生，早在 1987 年 12 月 1 日他就捐赠 1 万元人民币给亚运会。

捐款最多的驻外留学生是 28 岁的留日学生马燕民，原为中国人民大学一分校毕业生，现是国立东京学艺大学日本中世纪美术史的硕士研究生。出国求学时亚运工地刚破土，他身在异国他乡却常惦记工程进展情况。当获悉亚运会资金短缺时，他便毫不犹豫地把勤工俭学和搞画展节省下来的 10 万日元捐给亚运会。

收到个人捐款最多的一天是 1989 年 12 月 5

日，总金额为9万多元。

亚运会每天要接到数百个汇款单，每一封信函都令人非常感动。

亚运会集资成果喜人，高潮刚过，又掀高潮，亚运会缺钱的困难在不断克服。

此外，在亚运会集资活动中，涌现了不少感人的故事。

武警北京总队某部50名官兵为亚运会捐款2900多元，以表达他们的心情。

这支英雄部队驻地在北郊亚运村附近。自修建亚运村以来，他们经常到亚运村参加美化环境、便民服务等义务劳动。

香港歌星张明敏，一路歌唱，行程9000公里，一首《我的中国心》和着亚运节拍，在中国人民心中产生了强烈的共鸣。历时10个月，他先后在大陆26个城市演出160多场，为亚运会集资60万人民币。

天津市塘沽区体委和文化部门捐赠1万元人民币。他们说：

钱虽然不多，但表达了文化部门和体育部门对亚运会的一片深情。

厦门大学蜗牛养殖加工厂等单位，向亚运会捐物捐款总金额达 14 万元人民币，表达了该校师生员工和科研人员对亚运会的关心和支持。

年过古稀的陶月琴老太太，从台北到大陆定居已 3 年。陶老太太的一生生活清苦，怀着叶落归根的强烈愿望，带着丈夫留下的遗产，回到了故乡。3 年来，她先后 4 次捐款，支援国家建设，这次又捐 500 元给亚运会，表达她的一片心愿。

上海有一位青年，从邮局汇款 240 元，并在汇款单附言上写道：

> 为振兴我国现代化体育事业，为使我国首次举办亚运会能获得成功，愿尽上海青年的微薄之力。

陕西省革命老根据地的某部一个团，所有共青团员把他们的积蓄寄到了亚运会，共 1000 多元钱，并在一面团旗上签上每个人的名字。

有一年的大年初一清早，集资部长正在值班，有一家 3 口人前来捐钱，他们说：

> 大年三十全家商量半天，到底应该如何给亚运会作贡献，一个晚上未睡踏实，大年初一不拜年，不串门，首先给亚运会送钱来了。

另外，有一位革命的老前辈，是原四川饭店的经理，新中国成立前是位像"阿庆嫂"一样的革命者。在她过80岁生日时，她跟女儿们说："你们不要给我送什么东西，我要钱花，你们送些钱来。"结果她攒了1000元钱，没有过生日，而是坐公共汽车给亚运会集资部送来了。

亚运会的旗帜激励人们的爱国热情，成为新的强大的凝聚力，集资的渠道已由北京辐射到祖国各地。

西双版纳茶农送香茶进京；天山脚下果农大种瓜果迎盛会；山西种枣大王为亚运会准备又大又甜的蜜枣；长城脚下的农民要让果树结出带有亚运会标记的果子。

某地学校的劳动改造人员也为亚运会献上了爱心，他们在信中说：

> 为了表示心意，将我们用双手劳动挣来的35元钱奉献给亚运会。这钱是微薄的，但是干净的。请亚运会收下浪子的一片心意，允许我们在亚运会的起跑线上奔向新的人生路程。

截至1990年1月15日，人民子弟兵总共为亚运会捐款7万余元，谱写了又一曲人民子弟兵为亚运的赞歌。这些款项有的来自新疆戈壁、北方边哨所和云南前线，有的来自内陆都城及乡村的军营，表现了人民子弟兵为"振兴中华体育，弘扬爱国主义"的高尚思想品德。

亚运会组委会常务副主席何振梁和北京市副市长张

百发，也各自捐出了一个月的工资。

集资部部长王志良，动员全家捐赠，并带着一家老小到基金会捐出各人工资收入。而集资部所有的工作人员，也都毫无例外地捐了款。源源不断的捐赠，乘亚运之机，为祖国效力。他们捐的是一颗颗炽热的心，是一片片燃烧的爱国之情。

我国各族儿女的赤诚爱国心，将点燃第十一届亚运会的火炬，使之成为亚洲运动史上光辉的一页。

伴随着亚运会筹备工作的脚步，集资工作四处展开，形成了一个热点。从普通市民到政府部长，从士兵到将军，从学生到教授，都在作出自己的贡献。

每一张汇款单、每一封感人肺腑的信，都是一首动人的诗，谱写着华夏新篇章。

动人的故事在华夏大地上不断上演，原本是受政府和社会照顾和支援的残疾人，在亚运会的召唤下，也都通过各种方式给亚运会捐赠。

他们有的拄着拐棍，有的驾着轮椅，有的让人搀着到基金会去表达自己的心意，情景催人泪下。

他们发出自己的心声：

> 我们虽然肢体不全，但心是热的，建设亚运大厦不能没有我们，加不了一块砖，也要添半块瓦。

北京市西城区残协 100 名残疾人向亚运会捐款 1555.69 元，同时献上一面旗子，上面印着"捐资助亚运，一片爱国心"，周围是密密麻麻的签名。

他们在信中这样写道：

我们作为 1000 万北京人中生活最艰难的一部分人，也有一颗爱国心。是人民共和国给了我们幸福的生活，我们捐的钱虽然不多，却表达了残疾人的一片赤子之情。

当基金会的同志接到这笔捐款时，激动得双手发颤，感到沉甸甸的，这是一笔难以用数字来衡量的捐赠。

另外，外交部机关和驻外使领馆全体工作人员向亚运会捐款 10 万元，并且还通过义务劳动的方式表达了对亚运会的关注之情。

台湾同胞江俊龙看到亚运会筹备工作顺利进行，十分高兴。为了表示一个炎黄子孙的心意，他特地向亚运会捐款 10 万元人民币。

贵阳卷烟厂赞助亚运 1000 万元，并向为亚运会如期举行而奔忙的同志们表示敬意。

国际贸易中心法国建筑公司的一位中国雇员，从去年 4 月份开始，每月领工资以后便给亚运会捐赠 1000 元钱。他说：

我工资高，我之所以能取得这么高的工资，是国家的培养，是我们祖国地位的提高，外国公司才雇用我，我要拿出钱赞助亚运会。

他原来打算为亚运会捐献1万元，但是由于他每月都送来钱，因此这个数目早已经超过了，但他仍然照捐不误。

在集资的行列里，老年人是最为活跃的，无论是退休的老工人，还是解甲归田的老战士，不少人把储存多年的养老金取出来，捐给亚运会。

北京91岁的王绪贞老人，给亚运会捐1000元钱。她因行动不便，便委托70岁的邻居参加捐赠仪式。

山东青岛一位72岁的老大娘，靠救济金生活，1989年整个夏天在马路上卖冰棍，赚了500多元钱，全部赞助了亚运会。

集资的事例是说不完的，可以说北京亚运会唤起了千千万万个普普通通的人的爱国热情，用这种热情去点燃亚运会的火炬，将会更加绚丽耀眼。

亚运会集资部部长助理张树鹤告诉人们：

亚运会集资，每一笔款，每一个用处都在账上记得一清二楚。收款要经过三道手续：第一是登记，第二是收款开收据，第三是发给荣誉证，缺一不可。

使用钱更加严格,要一级一级批。审计部门专门监督开支。统计表上,集资款的用处一目了然。

当无数为亚运会捐资、贡献力量的人们,得悉自己的努力变为现实时,心中充满幸福、欣慰与自豪。

西双版纳国营大渡岗茶场,早在1989年12月初,就向亚运会献上了10担优质茶叶,这是云南第一家赞助亚运会的单位。

亚运会已批准该茶场生产的龙山云毫等7种优质茶,为第十一届亚运会的标志产品。

50名中外武术裁判在京集训。高水平的教学组,由几名武术副教授和高级教练组成,培训的内容包括竞赛规则、裁判法和技术要点。

由体育报等单位主办的迎亚运"奇安特杯"读报有奖竞赛活动,也在全国积极开展,有数十万人参加。

通过这一活动,全国各地的群众增强了亚运意识,懂得了体育运动的重要性。

为给第十一届亚运会集资,由首都体育界"三老",也就是老运动员、老教练员、老体育工作者组成联谊会,主办"文体双星荟萃艺术团",赴南方义演。

联谊会由相声艺术大师侯宝林任艺术顾问,戏剧表演艺术家李默然、歌剧表演艺术家郭兰英担任艺术指导。

山西革命老区的人民也在为亚运会尽自己的一份力,

原平县屯瓦村全体村民和党员，托人将2151元集资交给人民日报社体育组，请求他们转给亚运会。

江苏无锡市少年儿童准备敬献一面国旗，并希望这面国旗飘扬在亚运会上空。

这面国旗，已于1990年4月中旬寄往亚运会组委会。

此后，国家亚委会决定在北京举行的亚运会上，升起41面鲜红的国旗，象征中华人民共和国成立41周年，其中就有无锡市少年儿童敬献的那一面。

四川省若尔盖县藏羌等各族群众，献给亚运会一条长34米、宽2米的巨幅哈达。这条长长的、白色绢绫制成的哈达将飘扬在亚运会主会场上空。

哈达上写着：

> 愿亚运圣会，如意吉祥，愿中华健儿，览胜凯旋！

1990年4月中旬，在北京亚运会即将开幕之际，6名勇士乘热气球飘越琼州海峡。

这次海峡飘越探险，旨在宣传亚运会，为亚运会集资，推动我国航空运动发展，开创中国热气球飘越海峡的历史。

"奇星——首次中国热气球海峡飘越探险"的壮举，是由第十一届亚运会组委会大型活动文艺展览部、中国体育杂志社、中国航空运动协会和广州奇星药厂联合主办的。

在 6 位飘飞人员中，有 5 人都具有良好的空中飞行经验。飞行指挥刘连成，曾于 1983 年赴法国诺曼底专门学习热气球飞行，是新中国第一位热气球飞行员。

张福太、庞利亚、郝东山和杨贵元均在航空运动学校受过专门训练。另一位飘飞人员张福太，于 1989 年在美国取得密歇根州热气球赛的单项冠军。

郝东山曾在 1987 年的洛阳国际热气球节比赛中获得单项第一名。

31 岁的卜凡舟是中国体育杂志社记者，他是首次参加热气球飘飞。

3 只 4 层楼高的热气球，从海南岛海口市升空，自南向北飞行，随风飘越琼州海峡，降落在广东省海安港口附近，全程约 40 公里。其中，位于广东雷州半岛与海南岛之间的琼州海峡，两岸港口相距 29.6 公里。

这次活动的组委会主任由国家体委副主任张彩珍担任。飘飞所使用的 3 只热气球及装备均为国产，全部活动费用约为人民币 10 万元。

在人们的关注与遥望下，6 位飘飞人员成功飘越琼州海峡。这是亚运会开幕前的一个小小的表演与序曲！

大学生高举亚运会旗帜

1989年寒冷的冬天,清华、北大等首都大学的学生率先打出"星期六义务劳动"的旗帜,投入到亚运会的建设中去。

一个月内,北京许多所大学近万名学生参加了义务劳动,希望以此吸引人民对亚运会的关注和参与。大学生们再一次爆发出爱国主义的激情火花。

亚运会的脚步越来越近,大学生们扬起了迎接亚运会的旗帜。

首都的大学生唱起嘹亮的歌曲,扬起鲜艳的旗帜。走向亚运是令大学生们最为自豪的事情。

1989年11月25日9时,北京北郊亚运新村的田径场边响起了"亚运圣火点燃我们的胸膛……"的歌声。

这首被确定为北京第十一届亚运会义务服务人员总队队歌的歌曲,名为《我们走向亚运会》,表现了青年学生迎接亚运会的豪情与热情。

服务总队这天在亚运村正式宣告成立,它是在大学生义务劳动活动的基础上组织起来的,共有20万人,下设200个支队、2000个中队。

服务总队的队徽为一只手托起第十一届亚运会会徽,其意为首都青少年学生伸出热情、友谊之手,欢迎亚洲各国朋友，亲手为亚运会作贡献。

　　服务总队的队旗，为中央美术学院设计的三色旗，由绿、黄、白3种颜色和队徽组成。

　　绿色象征义务人员为亚运会辛勤耕耘；黄色象征亚运会成功的硕果；白色象征义务人员纯洁美好的心灵。

　　这天，亚运村工地开进了10万义务劳动大军，青年学生一起劳动的场面极为壮观。

　　11月26日是星期天，"迎亚运300天宣传周"拉开了帷幕。这一天，成了几个月来北京街头最热闹的一天。

　　东城区业余体校操场，举行了"共青团员奔向亚运城象征性长跑火炬点燃仪式"，东城区18所中学近千名共青团员向亚运圣火跑步出发……

　　崇文门过街天桥下的西侧，举行了"我们要做亚运会主人"的火炬接力长跑起点仪式。

　　43名少先队员代表全区43万人，手举"火炬"，在载着亚运会吉祥物大熊猫的彩车引导下，跑步出发，几经接力，将"火炬"送到国家体委楼前欢迎的人群中。

　　在天安门广场，东城区70多所小学的近万名少先队员聚集召开"红领巾为亚运添光彩"主题队会……

　　石景山体育馆内，150名老中青少书法、美术爱好者，兴高采烈地联手创作了百米长卷的美丽图画《喜迎亚运图》。

　　在先农坛体育场，宣武区团委主持召开了"亚运为国争荣誉，我为亚运添光彩"誓师大会。

　　北京大学的学生到亚运村义务植树的百人队伍，自动多出了几十人。

北京航空航天大学贴出"成立迎亚运义务服务总队北航支队"的通告后，迎来了众多的报名者，1000人的名额远远不够。

北京第二外国语学院，已有400名学生接受了亚运会的翻译等义务工作。

亚运会的翻译、导游、计算机操作等，将由数千名大学生志愿人员承担。北航外语系的同学，自动组织编写了"迎亚运英语100句"，这份学外语的资料给不少单位提供了方便。

北京广播学院的一些学生，将参加33个亚运场馆的播音工作和17个场馆的电视转播技术服务，年轻的大学生们正在积极地练兵。

清华、北工大、北方工大、建工学院等校的建筑系学生，得知亚运场馆和一些立交桥、街道需要进行环境设计，争先恐后地报名接受任务。

在此之前，有人请他们承包能挣钱的设计项目，可是他们谁也没动心。对于他们来说，国家的任务重于一切。面对亚运会的临近，他们强调说：

这是我们一个民族的责任。

可以说，大学生和所有的年轻人，都在为亚运会贡献着自己的力量，用青春激情点燃了精神的"圣火"。

书画家为亚运会捐赠画作

1989年12月23日,400多位书画家,向亚运会捐赠了他们精心创作的1600多幅艺术作品,以表达他们对亚运会的良好祝愿。

中华全国体总副主席陈先、路金栋等出席了捐赠仪式。这么多的书法家、画家向亚运会捐赠如此多的作品尚属首次,可谓盛况空前。

这些热心者包括著名书画家徐北汀、陈大章、娄师白、沈勃、肖劳以及影视界名人谢添、凌子风等。

社会上对亚运会的关注之情迅速高涨,一个高潮接着一个高潮。

在这股热流中,首都书画家同样豪情满怀,纷纷拿起自己的彩笔墨毫作画写书,向亚运会献礼。

当新华社新闻大厦落成时,北京30多名书法家、画家在此集会,当场题字、作画,用他们的艺术作品为第十一届亚运会集资。

以画兰花称誉画坛而得名"兰王"的王爱兰先生,是金代皇帝金世宗第二十七代孙,其夫人溥韫娱是清朝末代皇帝溥仪的六妹。

王爱兰将他与溥韫娱于1980年共同创作的国画精品《殿春倩景》,捐赠给了亚运会工程。

有关专家称这幅画价值百万。这幅画长100厘米，宽50厘米，是画家在牡丹盛开之际游玩故宫御花园写生归来之作。画面以兰花作为渲染，以太湖石作为陪衬，并附以牡丹、紫藤装点，是一幅罕见的艺术珍品，近年来一直为海内外收藏家所瞩目。

另外，中央文史馆馆员中的一些著名书画家，挥毫泼墨，精心创作了一幅近10米长的巨幅国画《百花争艳》，献给第十一届亚运会。

创作这幅画的著名书画家有罗铭、卢光照、溥松窗、许麟庐、王遐举、秦岭云、黄均、张秀龄、孙天牧、侯及名等。

他们分别描绘了大自然中青松、流水、禽鸟、花卉的不同情态，展现了一个生机勃勃的景象。这正象征着中国举办亚运会的盛况。

随后，中央文史馆副馆长、中国书法家协会主席启功欣然题诗道：

盛会迎来世纪春，
中华万众倍精神。
奇松佳卉长流水，
共颂承平作幸民。

全国中小学生踊跃捐款

1990年2月27日,北京亚运会组委会工作会议决定:

将亚运会第一位捐款人颜海霞同学作为亚运会贵宾,请上亚运会开幕式的主席台。

那么,颜海霞为什么会成为第十一届亚运会开幕式的特邀小贵宾呢?

这还要从1987年3月2日说起。当时,年仅12岁的颜海霞在建湖县建湖镇一家小学上五年级。

颜海霞在少先队中队组织的《中国少年报》一次读报活动中,得知第十一届亚运会将于1990年在北京举办的消息后,便萌发了给亚运会捐款的念头。

当天她就给亚运会组委会写了一封信:

春节时,爸爸给了我2元压岁钱,买练习簿已用去4角,仅剩的1元6角钱就献给亚运会,这是我小小的心意。

在亚运会集资部收到这封信后,1987年3月19日,他们在给颜海霞的复信中说：

你寄来的钱虽不多，但意义很大，表现了我国青少年一代热爱祖国的精神风貌。

向你致以诚挚的谢意。

颜海霞同学品学兼优，曾两次被评为三好学生。在向亚运会捐款之前，她还曾和班上的另外7名同学一起，为老山英雄团的解放军叔叔每人寄去了一条红领巾。

成都有一个小孩，母亲不在世了，父亲是个残疾人。她生活非常苦，靠吃救济金度日，前一年她一分钱没花，一根冰棍没吃，把节省下来的5元钱，给亚运会组委会寄去了。

另外，一位16岁的北京女中学生将她得到的一笔"巨款"，即500元人民币，捐献给了亚运会。

这位女中学生是北京联合大学机械工程学院附属中学高三的梁显英。她出生在一个军人家庭，家境并不富裕，这笔钱是她迄今得到的最大一笔款项。

这笔钱是她在购买亚运会基金奖券时，幸运地获得的。当她拿到这笔款项时，便在父母的支持下，立刻送到学校，由老师陪同，携款前往亚运会集资部，将自己的名字填到了捐款者的名单上。

北京几所中学的蒋峰、刘菲、邓锋等同学，利用寒假走上街头卖报纸。然后，他们把卖报的收入全部捐献给了亚运会组委会。

他们在信中写道:

钱虽少,却是我们的心愿,因为我们有一颗爱国的心。

安徽合肥市六安路小学三年级小姑娘王颖,决心用自己的劳动换来钱,参加迎亚运的活动。

一天下午,王颖把杀鸡后的鸡毛收起来,洗净晒干,几天后,她拿到废品站去卖。

叔叔说:"我们不收鸡毛。"

王颖说:"我只卖一分钱,送到北京去,献给亚运会!"

叔叔感动了:"好啊!我们收购你的鸡毛!"

另外,在我国最大的城市上海,一些学校里贴着"我与亚运会共呼吸,我与健儿共拼搏"的感人标语。

小学生从各式各样的存钱罐里,倒出一把把硬币捐给亚运会,仅杨浦区就有10万中小学生捐了227.5283万元。

天津南开区宜宾里小学少先队员,将积攒起来的1150元献给了亚运会。全区60所小学共捐献了1.2万元。孩子们说:

我们年龄小,力量小,可这每一分钱,都

像一滴滴滦河水，甜甜的、清清的，流过天津少年儿童的心里。我们把这爱的清泉汇集起来，献给亚运会，表达我们对祖国的一片爱心。

徐州市青年路小学一年级小姑娘程晓嫚，在队旗下戴上了红领巾。队会结束后，她抱着一个大书包找到辅导员，里面装着她从幼儿园起积攒的零花钱，要献给亚运会。

老师不收，劝她回去，说这次活动，每人只要1分钱。

第二天一大早，小姑娘的爸爸妈妈就和她一起，站在校门口，再三恳求老师说："这是孩子的心意！"

老师同意了，找来了中队长，打开书包，经过清点，一共是2906枚硬币，合计29元零6分。硬币在闪光，这是一颗真诚、质朴的爱国童心。

安徽合肥市一所小学六年级的学生，开展了迎亚运活动。吴昊同学原想把自己的存钱罐交给中队，可队长说，只收1分钱。

他发愁了，趴在桌子上，对着一堆硬币发呆。忽然，他眼睛一亮！他把全部硬币摊在桌上，从中小心地找出了一个1982年造的硬币。

他双手捧着这枚一分的硬币，郑重地交给中队长。他说：

> 这不是一枚普通的硬币，上面印着出厂日期是1982年，这一年，我国运动员在亚运会上

取得金牌总数第一。今年，亚运会在我国举行，预祝我国体育健儿，获得金牌总数第一。

成都市花牌坊小学 729 位小学生，积攒了 7.1451 万元献给亚运会。三年级（1）班女学生杨静，把平时积存的角币凑起来，特意到银行恳求阿姨换了一张崭新的 10 元人民币，然后用纸细心地包好交给了老师。

冯朗同学的零钱在银行里存的是定期，父母又出差在外，他因没钱交而伤心地落了泪，直到小朋友们帮助他凑足了钱，冯朗脸上才绽开了笑容。

小同学冯黎维生病在家，得知同学们的捐献活动后，硬缠着妈妈赶快将 1 元钱送到学校去。

成都市一所小学 341 名小学生献出了 341 个又大又好的水果。当水果运到亚运工地上时，工人们用颤抖的双手捧起幽香的水果，舍不得吃下它们。

341 个鲜嫩的水果，对庞大的亚运建设队伍来说真是微不足道，7.1451 万元，对浩大的亚运工程是微不足道的。然而北京亚运指挥部的工作人员知道它们的分量：孩子们送来的是情，是爱，是一颗颗洁白无瑕的爱国之心。

对此，亚运指挥部向小朋友们发来长长的电文：

亚运指挥部代表亚运工地上成千上万的工人，向孩子们表示深深的谢意和奋发努力的决心。

亚运火炬传遍神州

1990年8月22日9时,在北京天安门广场,举行"亚运之光"火炬传递活动的点火仪式。

此前,亚运会组委会已正式命名第十一届亚运会火炬传递活动为"亚运之光"火炬传递活动。第十一届亚运会开幕前的一个月里,熊熊燃烧的亚运会火炬将以接力传递的方式,把光芒传递到中国大地的30个省、自治区和直辖市。

火炬在各省、自治区的传递时间为4至5天,在天津和上海的传递时间为1天。火炬正式传递人数为1万人。

火炬传递是亚运会的前奏曲,通过象征亚运精神的火炬传递,可以燃起广大群众对亚运会的关心和爱国热情。

北京亚运会"亚运之光"火炬传递接力跑的点燃仪式之前,天安门广场上出现了由全国12个省市的信鸽协会同时放飞的约7万只羽信鸽。一时间,天空中飞满了信鸽,场面极为壮观。

鸽子象征着友谊、和平、吉祥和搏击。这次集中放飞信鸽的数量,在世界上可以说是最多的。

此外,在亚运会之前,还要举行"亚运杯"全国信鸽大赛,有100万羽信鸽参赛。

在这次大赛上,航空航天部304研究所推出了新研制出的我国第二代鸽钟。

鸽钟是信鸽竞翔比赛的重要器材。这次推出的新鸽钟具有防磁、防震和防导电流体误动的装置，是304研究所科研人员为"亚运杯"信鸽大赛在短期内试制出来的，经过北京地区试用，受到广大信鸽爱好者的欢迎。

此时，在火炬传递活动点火仪式后，火种一分为四，由护送组送达黑龙江的哈尔滨市、海南的海口市、新疆的乌鲁木齐市和西藏的拉萨市。

第二天，黑龙江的哈尔滨市、海南的海口市、新疆的乌鲁木齐市和西藏的拉萨市，这4座城市的社会各界火炬手，便开始高擎火炬向北京传递。

以海南为起点的一路，途经广东、福建、江西、浙江、上海、江苏、安徽、山东和天津，然后到达北京。

从新疆出发的一路，依次穿越青海、甘肃、陕西和山西，高擎火炬向北京一路跑去。

由黑龙江起程的火炬传递路线通过吉林、辽宁、内蒙古和宁夏，高擎火炬向北京进发。

从西藏开始传递的火炬顺序是四川、云南、贵州、广西、湖南、湖北、河南和河北，最后回到首都北京。

9月21日，北京各界群众代表将与参加亚运会的各国和地区运动员代表，组成4支接力队伍，接过火炬，最后传到天安门广场，交给北京市市长。

随后，在9月22日的开幕式上，点燃北京第十一届亚运会主会场的火炬。

四、成功举行

- 1990年9月22日16时52分,应亚奥理事会邀请,时任国家主席的杨尚昆正式宣布:"第十一届亚运会开始。"

- 在北京举行的第十一届亚运会开幕式上,为中国夺得106枚金牌的李宁高擎亚运会火炬,点燃了亚运圣火。

- 1990年,第十一届亚洲运动会在中国北京举办并取得圆满成功,中国取得了最突出的成绩。中国运动员获得全部金牌的五分之三。

举行北京亚运会开幕式

1990年9月22日16时，在北京工人体育场，举行第十一届亚运会开幕式。

这是中华人民共和国在自己的土地上举办的第一次综合性的国际体育大赛，也是亚运会诞生以来的40年间，第一次由中国承办的亚洲运动会。

来自亚奥理事会成员的37个国家和地区的体育代表团共6578人参加了这届亚运会。代表团数和运动员人数都超过了前十届亚洲运动会。

第十一届亚运会的宗旨和口号是：

团结、友谊、进步。

通过这个口号，中国希望亚洲各国和地区的运动员和人民之间增强团结，增进友谊，共同进步。

观众提前一小时入场。在观众入场后的等待时间里，有3场大型表演供观众欣赏。

其中一项大型表演是跳伞。表演开始，顿时，天空中出现了拖着彩霞般的几架飞机在盘旋，随即绽放朵朵彩花，跳伞运动员从天而降。

中国的跳伞运动员在世界上取得过很好的成绩，可跳伞并没有被列为亚运会或者奥运会的正式比赛项目。这次跳伞表演展示了中国跳伞健儿的风貌。

第二项大型表演是，600名解放军威武整齐、步伐有力地走进运动场，表演吹奏乐。

第三项大型表演是，中国和日本两国1500名太极拳爱好者表演传统的集体太极拳，淋漓尽致地表现古老的东方文明。

北京信鸽协会在第十一届亚运会开幕式上，放飞了1.2万只羽信鸽。

16时52分，应亚奥理事会邀请，时任国家主席的杨尚昆即将宣布第十一届亚运会的开幕。

会场安静下来，杨尚昆主席正式宣布：

第十一届亚运会开始。

然后，运动员入场，来自亚奥理事会成员的37个国家和地区体育代表团共6578人参加了此届亚运会。

最后入场的是我国700多名运动员，他们身着宝石绿色上装和乳白色下装，在绛红色跑道和绿色草坪的映衬下，更显其朝气蓬勃、奋发向上的精神风采。

象征着和平、稳定、生机的绿色，被选定为第十一届亚运会我国运动员入场服的基色。

为了让运动员更好地展现运动风采，承接设计任务的中国服装研究设计中心，组织设计人员分析研究了大量资料，并给部分运动员测体、拍照，了解运动员的形体特征。

经多次筛选和有关方面审定，最后方案确定为：宝石绿双排一粒扣男女上装。男装下配白色长西裤，女装下配乳白色西裙。

我国运动员在亚运会入场式上服装的最后方案，征求了国家体委领导和有关方面的意见，并得到了他们的认可。

中国派出 636 名运动员参加了全部 27 个项目和两个表演项目的比赛。

中国台北在时隔 12 年后，作为中国一个地区的代表队重返亚运大家庭。

接下来，为中国夺得 106 枚金牌的李宁高擎亚运会火炬，跑入北京工人体育场，在绕场一周后登上了火炬台，点燃了亚运圣火。

随后，中国运动员代表所有参赛运动员宣誓。

最后是团体表演，有两万人参加的大型团体操表演共分 6 场。编导们立足中华，面向亚洲，体现出"团结、友谊、进步"的主题。

第一场是"威风锣鼓"。霍州威风锣鼓相传是唐朝两军对垒时击出的鼓点。

321 名头戴黄巾的唐装锣鼓手簇拥着 5 名衣着靓丽的女鼓手，呐喊着冲出来。刹那间，赛场犹如古战场，士兵冲锋陷阵，一声齐吼，鼓声骤起，队形突变，鼓、锣、铙、镲敲出抑扬顿挫、此起彼伏的节奏。

出击、围困、激战、欢庆，霍州锣鼓八面威风，展示出了华夏文化和民族风采，表现出了中华民族的气魄。

第二场为"春江花月"，是一场比较抒情优美的表演。

第三场是"中华武功"，展示着中华民族威武雄壮的民间武术意蕴。

第四场为"童星闪烁"，表现我国少年儿童热爱祖国，向往未来的美好心灵。

第五场是表现体育永恒的主题，即"健、力、美"，是一场青年体操表演。

整个表演用略带舞台灯光的效果，烘托气氛，增加色彩。动作变化、队形调度也适当采用舞台调度方式，使草坪上的"图画"更富于流动感。

在现代体操中大胆加进了飘逸的荷花舞、剽悍的威风锣鼓、豪放的安塞锣鼓等地道的中国民间传统艺术。

这是由北京门头沟区304名少女组成的"太平鼓"队表演的，她们穿着水红的衣衫，挎着白面的羊皮鼓儿，加上和谐悦耳的鼓点，令人赏心悦目。160多只鱼灯穿梭往返，80名荷花仙子飘然而至。

鲤鱼跃龙门，花仙舞翩跹，历来是我国民间表演喜闻乐见的形式，意味年年有余（鱼），和（荷）平昌盛。

星光、礼花、火炬，闪亮的串球铺成一条立体的光道。这时，一条发光的巨龙开始升腾，向广袤的天空奋飞,人们把色彩、音响赋予龙,又把理想和希望寄予龙。

乘风飞舞的巨龙同绚丽的背景交相辉映,彩色的烟雾冉冉升起,喧天的锣鼓震撼人心。地面上,天空中,巨龙气势磅礴,生生不息的中国龙在亚洲、在世界上腾飞。

第六场是"亚洲之光",展现了亚奥会会员组织的风貌,打着他们的旗帜,穿上他们的服装,表现亚洲人民的团结、友谊和进步。

这时,整个会场上由各种绚丽多彩的激光打成一面亚运旗帜。

顿时,在主会场人头攒动、欢歌四起的气氛中,一面亚运的灯光旗帜从场地中央波浪翻飞,显示出这是在亚运会历史上最大的盛会。

整个开幕式,连各种表演在内,总的时间大约是 2 小时 40 分钟。

许海峰自选手枪慢射夺冠

1990 年,在北京举行的第十一届亚运会上,许海峰以 660 环的成绩获男子个人自选手枪慢射 60 发比赛的冠军,他还与队友合作,夺得男子团体自选手枪慢射 60 发冠军。

一年后的世界气枪锦标赛冠军以及亚洲标赛的 5 块金牌,为许海峰的射击生涯再添更多光彩。

许海峰,福建人,原为安徽省和县新桥区供销社营业员。

虽然没有受过专业的射击训练,但许海峰从小便立志要成为一名神枪手。凭借自己刻苦的努力,许海峰练就了一手高超的射击技术,1982 年进到安徽省射击集训队。1984 年进到国家射击队,任训练中心射击队助理教练兼运动员。

许海峰曾在 1984 年美国洛杉矶举行的第二十三届奥运会上,以 566 环的成绩获得该届奥运会首项冠军,即男子自选手枪冠军,成为我国第一个在奥运会上获得冠军的运动员。

许海峰还在 1988 年举行的第二十四届汉城奥运会上,夺得男子气手枪亚军。

自从洛杉矶奥运会后,许海峰的身体一直不好,

1991年以后，他的迁移性视网膜炎使视力下降到了0.2左右，这对射击运动员来说是致命的。但是，就是在这种情况下，许海峰还是坚持参加了包括奥运会在内的数次国际重大比赛。

可见，许海峰为参加这届亚运会并夺取金牌付出了多么巨大的艰辛努力。

射击项目在比赛时是扣人心弦的，但在平时训练时是非常枯燥的。俗话说，"台上一分钟，台下十年功"。为了比赛中的10枪，运动员每天的训练就是举枪、瞄准、射击，再举枪、瞄准、射击……这样才练就了运动员良好的稳定性和心理素质。

许海峰后来出任国家射击队女子手枪组教练后，他带领选手获得了两枚奥运会金牌。

许海峰是名副其实的金牌运动员和金牌教练。

沈坚强北京亚运会得五金

1990年北京亚运会，沈坚强独得5金，即男子50米、100米自由泳、100米蝶泳、4×100米自由泳接力和4×100米混合泳接力金牌。

游泳队第一次在金牌总数上战胜日本队，以23比7的绝对优势击败日本游泳队，首次登上亚洲游泳霸主的位置。

男子游泳靠陈剑虹、沈坚强、谢军为主的3人核心团队，首次在金牌榜上战胜日本男子游泳队，这也是中国男子游泳队历史上最风光的时刻了。

沈坚强，上海人，中国著名游泳运动员。

1974年，沈坚强开始接受专业训练，1979年入选上海游泳队，1984年入选中国国家队，在两届亚运会上先后获得6金2银1铜，其中在1990年北京亚运会上连夺5金，成为当届运动会获金牌数最多的运动员。

在1987年的第六届全运会上，沈坚强还一举拿下5枚金牌、打破3项全国纪录。

沈坚强参加了1984年洛杉矶和1988年汉城两届奥运会，取得的最好成绩是汉城奥运会男子50米自由泳的第十二名。

沈坚强的辉煌，代表了中国泳坛的一个时代。

后来的1993年，沈坚强参加完七运会后退役，随后到日本筑波大学攻读体育系研究生，用了5年的时间取得硕士学位。回国后，他在上海率先创办了沈坚强游泳学校。

沈坚强表示："我毕生从事的就是游泳事业，这次来为的就是能大力普及游泳运动。"

沈坚强兴奋地说道："我现在做的事情就是两件：普及和提高。只有把游泳普及了，有了坚强的基石，才会有好苗子出来，中国的游泳才能真正腾飞！"

王晓红蝶泳打破亚洲纪录

1990年，万众瞩目的北京亚运会是王晓红的辉煌时刻：她一人获得4金1银，分别是100米蝶泳，200米蝶泳，4×100米自由泳，4×100米混合泳4枚金牌，100米自由泳银牌，威震英东游泳馆。

在100米蝶泳比赛中，王晓红游出58分87秒的个人最好成绩，打破亚洲纪录，并战胜钱红夺冠。这个成绩也是当年该项目世界最好成绩。

200米蝶泳夺冠不奇怪，但在100米自由泳上也能夺银，并出战中国队的两个接力项目，可见王晓红当时的状态之好、地位之重和她的全面性。

在中国泳坛昔日叱咤风云的"五朵金花"中，有一朵金花是五朵中唯一没有奥运会金牌的，她就是王晓红。由于不是奥运会冠军，她也成为"五朵金花"中知名度最低，也最不被大家了解的一位。甚至于有很多人说到"五朵金花"时，会误把另一位名将黄晓敏计算在内，而替代了王晓红的位置。

王晓红能够成为"五朵金花"之一，凭借的是自己的实力和成绩。虽然没有获得奥运会金牌，但一枚奥运银牌的成绩同样价值连城，尤其珍贵。

王晓红是一位大器晚成的选手，她和林莉一同来自江苏队，师从教练张雄。在"五朵金花"中，她的年龄最大，但出成绩却最晚。她和林莉都属于是苦练出成绩的类型，游泳的天赋比不上另三朵金花。

1988年，她和林莉虽然在亚洲锦标赛上已锋芒毕露，但在国际赛场上还欠缺实力。

在汉城奥运会上，王晓红在自己的主项100米蝶泳和200米蝶泳上双双闯入决赛，但却只有第七、第八名。而国家队的师妹庄泳、杨文意和钱红都已经登上了奥运会的领奖台。与这几位水感极佳、年纪轻轻便已成名的金花相比，王晓红只有继续苦练的份。

而在200米蝶泳上，她的耐力和功底深厚的优势得以展现，而钱红缺乏持久耐力，很少参与这个项目的角逐。所以，自王晓红在国内崭露头角后，200米蝶泳成了她的个人舞台。

几年内，王晓红把持了这个项目不可动摇的霸主地位，并多次打破这个项目的全国和亚洲纪录。在100米蝶泳上则呈现她和钱红双蝶争霸的局面，钱红稍稍领先，王晓红便紧追不舍，堪称中国队的双保险。

林莉混合泳游出世界第一名

20岁的中国江苏姑娘林莉，接连在女子200米个人混合泳等决赛中夺得4枚金牌、1枚银牌，她以2分13秒16的成绩，游出女子200米个人混合泳的世界最好成绩。

1976年，年仅6岁的林莉就进入市业余体校，1980年入省体校，1982年入江苏队，后进入国家队。

1986年，林莉在香港国际分龄组游泳比赛中，获15至17岁年龄组50米仰泳、100米仰泳、200米仰泳和200米个人混合泳四项冠军。

1987年，在六运会游泳比赛中，林莉曾以2分17秒92的成绩获200米个人混合泳冠军，并创亚洲最好成绩。

1988年，在第三届亚洲游泳锦标赛中，林莉以2分18秒27获200米个人混合泳冠军。

1988年，在第二十四届奥运会游泳比赛中，林莉以2分17秒12获200米个人混合泳第七名和400米个人混合泳第七名，均创亚洲最好成绩。

1989年，林莉在第三届泛太平洋游泳锦标赛中，以2分14秒69的成绩获200米个人混合泳冠军，该成绩列当年世界第二位，并以4分45秒69的成绩获得400米个人混合泳亚军，该成绩列当年世界第六位。

喜欢游泳的人都知道，林莉是奥运会冠军、混合泳皇后，中国游泳队"五朵金花"之一。

后来，林莉带给了中国游泳队无数的辉煌。在以后的10年里，林莉那张朴实的脸曾是中国游泳队最珍贵的回忆。

1991年在世界游泳锦标赛上，林莉获个人混合泳两枚金牌，成为中国获得第一块世界游泳金牌的选手。

1992年7月30日在第二十五届巴塞罗那奥林匹克运动会上，林莉以2分11秒65的成绩打破了保持11年之久的女子200米个人混合泳世界纪录，获得金牌。这是中国人在奥运会上创造的第一个世界纪录。

巴塞罗那奥运会后，"五朵金花"相继退役，只有林莉坚持了下来，在新人辈出纷纷超越自己的时候，她心态平和，不显山不露水地摘得了1994年广岛亚运会女子400米个人混合泳的金牌。

杨文意自由泳仰泳夺金

在 1990 年第十一届亚运会上,杨文意以 24 秒 79 破 50 米自由泳世界纪录,以 1 分 3 秒 83 获 100 米仰泳金牌。

杨文意还和队友以 3 分 40 秒 12 破 4×100 米自由泳接力世界纪录。

杨文意还曾在 1988 年第三届亚洲锦标赛上,以 24 秒 98 破 50 米自由泳世界纪录,是中国女子选手首次破游泳世界纪录,也是亚洲游泳大赛史上第一个打破世界纪录的女选手。

杨文意曾是获得个人项目冠军 5 次以上的 11 个运动员之一:1987 年,在第二届泛太平洋游泳锦标赛中,她与队友合作,获 4×100 米混合泳接力第三名。同年,在第六届全运会上创 50 米自由泳、100 米仰泳两项亚洲最好成绩。

1988 年在广州第三届亚洲游泳锦标赛上,杨文意以 24 秒 98 的成绩刷新了女子 50 米自由泳世界纪录并获该项冠军;100 米仰泳以 1 分 3 秒 08 获冠军,创亚洲最好成绩;与队友合作,获得 4×100 米混合泳接力和 4×100 米自由泳接力两项冠军。

杨文意 1972 年 1 月出生于上海的一个体育世家。6

岁时进上海市体育运动俱乐部游泳班学习游泳，先后 18 次打破全国少年年龄组纪录，主项 100 米、200 米仰泳、200 米混合泳。

1984 年，杨文意入选上海市游泳队，1986 年入选国家游泳集训队。

后来在 1992 年的巴塞罗那奥运会女子 50 米自由泳项目上，杨文意勇夺金牌。

杨文意曾被评为全国十佳运动员，1989 年被评为建国 40 年来杰出运动员。

庄泳游出世界先进水平

1990年,在北京举行的第十一届亚运会游泳比赛中,庄泳获得4枚金牌,分别是:100米自由泳,55秒30;200米自由泳,2分01秒43;4×100米自由泳接力,3分46秒39;4×100米混合泳接力,4分11秒74。

这些成绩在1990年世界游泳排名表上,100米自由泳55秒30的成绩是当年世界最好成绩,4×100米自由泳接力列第三位,4×100米混合泳接力列第五位,200米自由泳列第九位,都达到了世界先进水平。

庄泳1972年生于上海,上幼儿园时开始学习游泳,7岁进入游泳学校,1984年进入上海队,1986年入选国家游泳集训队。

1985年在第一届全国青少年运动会上,13岁的庄泳一人独获3枚金牌、3枚银牌。

1987年参加泛太平洋游泳锦标赛,她和队友一起夺得了4×100米自由泳接力亚军。

1988年在全国游泳锦标赛上,100米自由泳的成绩排当年世界第五位。

1988年,在汉城第二十四届奥运会上,庄泳以55秒47夺得女子100米自由泳银牌,创该项目亚洲最好成绩,这是我国游泳运动员在奥运会上奖牌"零的突破"。庄泳还和队友一起夺得 4×100 米自由泳接力第四名，她游最后一棒的分段成绩为 54 秒 25，若为单项成绩则打破了世界纪录。

1989 年，在第三届泛太平洋游泳锦标赛上，庄泳创女子 100 米和 200 米自由泳亚洲纪录，并以 55 秒 68 的成绩获得 100 米自由泳冠军。

庄泳的最好成绩是第二十五届奥运会女子 100 米自由泳金牌。

庄泳在 1990 年被全国妇联授予"三八红旗手"的称号。

张秋萍获射击三金二银

1990年9月在北京第十一届亚运会上,射击运动员张秋萍以592环获小口径标准步枪60发卧射冠军;女子气步枪40发团体冠军和女子小口径标准步枪3×20团体冠军。

电视屏幕不断播出张秋萍登上北京亚运会的领奖台。鲜花、掌声、闪光灯簇拥着她,她细心地从花丛中精心选出两束在冠军台上接过来的名贵鲜花,双手捧起,深情地亲吻。

一束鲜花,张秋萍亲手献给了湖南省的党代会,另一束鲜花,张秋萍献给了生她养她的怀化人民。怀化政府领导接过鲜花,又郑重地转送给了张秋萍的母亲丁美珍。意志坚强的丁美珍抑制不住自己的感情,热泪竟夺眶而出。

张秋萍生于1963年,怀化市人。

1977年,在怀化市业余体校参加射击训练,1979年12月进省队。1981年首次参加全国比赛,获得标准步枪3×20第四名,1982年达运动健将标准。在第五、第六届全运会上分别获标准步枪和气步枪冠军。

1983年和1984年两次参加亚洲锦标赛共获4枚金牌,并破一次世界纪录。在第十届亚运会上获团体冠军,破 4 项亚洲纪录。

1983 年 7 月,张秋萍参加在因斯布鲁克举行的世界锦标赛,以 1154.4 环的成绩获气步枪团体第四名。

在第二十四届奥运会上,张秋萍以 395 环破气步枪奥运会纪录,并以 494.7 环的成绩获第四名。

1984 年 7 月,在全国达标赛中,张秋萍分别以 399 环和 1725 环的成绩,破气步枪 40 发和标准步枪团体两项世界纪录。

张秋萍多次参加国内外重大射击比赛,获冠军 28 次,其中亚洲冠军 9 次,全国冠军 19 次,破世界纪录 3 次,破亚洲纪录 12 次。

国家体委曾经授予她国际级运动健将称号,1987 年共青团湖南省委授予她"新长征突击手"、省妇联授予她"三八红旗手"的称号。1985 年至 1990 年连续 6 年被评为湖南"十优"运动员。

1990 年,湖南省人民政府授予张秋萍劳动模范称号,省总工会为她记特等功一次,并当选为湖南省政协委员,中共湖南省第六次代表大会代表。

李敬获男子体操全能金牌

1990年,李敬在北京亚运会的比赛中,获得男子体操全能金牌。

有人说,这是一个"摔"出来的冠军。

李敬出生在湖南衡阳一个贫困的家庭里,父亲在婚后第二年就因为病毒感染没能及时治疗而瘫痪,家庭的重担就压在他母亲一人肩上。

李敬出生时就因为营养条件跟不上而异常瘦弱,为了锻炼身体,6岁时就被母亲送到了衡阳市体校。

然而,当小李敬准备把自己的一生都交给体操,梦想成为体操冠军时,一场变故差点让他与体操无缘。

当初,许多专家在考察李敬的身体素质时,都认为李敬的手掌小且偏厚、手指短,从专业的角度来看,这是一个很大的缺陷。体操选才就是要求手掌要大些,手指要长,这样才有利于握杆和撑器械。因此,专家都说李敬在单杠、吊环和双杠等项目上的发展存在困难,很难练出成绩。这一判决,对于李敬和他的家人来说,无疑是个致命的打击,使得李敬停止了体操训练。

为了拯救李敬这棵苗子,衡阳市体校的周信教练不得不"三顾茅庐",先后几次去李敬家里劝说他和他的家人。周信认为,只要增强李敬的手臂力量以及握力,并在训练中采用适合其自身独特风格的"飞行"动作，那么他完成各种高难动作是完全有可能的。周信的劝说有了成效，小李敬重新回到了训练场。而往后的事实也证明，高难动作对李敬来说的确不是问题。

那时的冬天很冷，训练场没暖气，门窗也关不严实，冷风嗖嗖；没有体操鞋和护掌，小李敬只能光着脚站在水泥地上，穿着薄薄的单衣进行训练。垫子是冰冷的，器械是冰冷的，就连空气都是冰冷的，李敬小小的身躯在瑟瑟寒风中不住地发抖。还有训练器材的问题，因为当时经费不足，衡阳市体校甚至连一些必要的训练器材都不能供给。

然而，窘困的环境没能阻挡住坚毅的李敬。为了练好每一个动作，李敬一次次重复练习着，他瘦弱的身体也一次次从器械上摔下。为了弥补下肢力量的不足，年幼的他每隔三五天就得跑上一次30多公里的路程。

周信教练后来感叹地回忆说：

> 当时为了练习"山羊"（鞍马），他手练得脱皮，头也磕破了，却全然不知，摔下来又再次跳上去。

就是在这样的磨炼下，李敬逐步坚定起自己为体操献身的信念。终于，一个世界级冠军就这样"摔"出来了。

王义夫等获气手枪团体冠军

1990年9月，举世瞩目的第十一届亚洲运动会在北京开幕。在男子团体气手枪60发比赛中，中国队张胜阁、王义夫、许海峰以1739环的成绩获得金牌。

王义夫曾在1984年第二十三届奥运会射击比赛中，获得男子自选手枪慢射第三名；1986年第十届亚运会射击比赛中，获男子自选手枪、男子气手枪两项团体冠军；1990年的世界杯自选手枪慢射、10米气手枪冠军。此后的成绩也越来越好。

在中国射击界，王义夫被运动员们尊称为"枪神"，因为那些年，每逢参赛他的成绩总是名列前茅。只有练过枪的人才清楚，要长期保持高水准状态是多么不容易！

王义夫喜欢射击是从12岁时拥有一把鸟枪开始的，那是父亲送给他的礼物。从此他便与射击结下了不解之缘。

1984年洛杉矶奥运会，王义夫初出茅庐，当许海峰为中国摘得奥运首金的时候，曾获得过铜牌的他还几乎不为人知。

在1992年巴塞罗那奥运会后，王义夫患了静脉血管萎缩，这种病使王义夫大脑供血的血管只有正常人的三分之一粗。脑部供血严重不足的王义夫经常出现头晕、迷糊的症状,而且一旦变换环境休息不好的话,就会发烧、脸肿。

其实,王义夫这位六朝"老枪"长期受着头晕、肩痛、腰痛的折磨。举枪、瞄准、射击的动作日复一日地重复,就算普通射击运动员,脖子、腰、手臂都全是毛病,何况王义夫脑部还严重供血不足。

王义夫75岁的母亲刘国珍说到自己儿子的病痛时,眼里不禁噙满泪水,她说:"儿子身体不好,总发烧,但由于血管堵塞,点滴打不到10分钟,手就肿起来了,那不是常人能遭的罪呀!"

黄世平夺得三枚射击金牌

1990年，在北京举办的第十一届亚运会上，射击运动员黄世平一举夺得了3枚金牌。

从小就喜欢射击的黄世平，在一次机缘巧合的情况下，开始从事射击项目。

1983年，时任国家队射击教练的蔡天响把黄世平带到了国家队训练。五运会，黄世平第一次参加大赛就获得了冠军。在这之后，他顺利地获得了前往洛杉矶参加奥运会的机会。

1984年，21岁的黄世平在奥运会50米移动靶的决赛场上，最终夺得了铜牌。

黄世平说："反正也没想那么多，做好自己的技术动作就是了。第一次参赛就获得铜牌，已经很不错了。"

1986年，中国射击开始全面复兴。在第四十四届世界射击锦标赛上，由黄世平、李玉伟、杨伊明组成的队伍获得了男子射击移动靶混合速团体冠军。

1988年的奥运会，黄世平再次凭借出色的表现获得了一枚银牌，而这也是射击队的最好成绩。

在这次决赛前还发生了一点小意外，黄世平说："那时我们的驻地离赛场有一段路程，比赛是下午的，吃过午饭之后，我看了一下表，哎呀，时间快到了，就赶紧出发。结果到了赛场一看，一个人都没有。"原来他把比赛时间看错了，提早到了一个小时。不过他说，这并没有太多地影响到他的情绪。

黄世平说："奥运改制，射击由原来的 50 米移动靶改为 10 米移动靶。转换项目，要面临很多新的技术问题，另外还有新手的冲击，我的转型不太成功，就退役了。

"如果没有改制，还是 50 米的移动靶，我还有信心再冲一届奥运会，再去拼一次金牌。1992 年，我还不到 30 岁，前面两届一银一铜，就缺一块金牌。这是我最大的遗憾。"

第十一届北京亚运会闭幕

1990年10月7日晚,在北京工人体育场内,隆重举行了第十一届北京亚运会闭幕式。

闭幕式上主要是一些文艺演出,用联欢的形式使大家回忆一下16天共同生活取得的成就和结下的友谊,寄希望于下届亚运会再次相逢。

在闭幕式上,成千上万的中国观众打出了横幅:

亚运成功

众盼奥运

在闭幕式上,吉祥物熊猫盼盼在场上向观众告别。

在《美丽的亚细亚》歌声中,运动员们入场。

然后,舞蹈表演《奔腾的年代》《花儿与少年》,车技奇妙,火龙灿烂。

在闭幕式上,最精美的表演是杨丽萍主演的大型舞蹈《雀之灵》。傣族把象征爱情的孔雀叫太阳鸟,孔雀就是他们崇拜的图腾。

杨丽萍创作了一系列表现孔雀形态的舞蹈语言,《雀之灵》寄托了她对圣洁、宁静世界的向往。

随后,歌舞表演《相会在广岛》《今夜星光灿烂》。

在交接亚奥理事会会旗和火炬后，亚运会的会旗缓缓降落，火炬也随之熄灭。

这时天空中礼花朵朵，霞光满天。人们载歌载舞，不断欢呼，纯洁的友谊永志难忘。

熊熊燃烧了 16 天的圣火在这一天熄灭，亚洲体育史上规模空前的第十一届亚运会在北京成功闭幕。

1990 年，第十一届亚洲运动会在中国北京举办并取得圆满成功，中国向全世界展示了举办大型综合体育运动会越来越强大的物质基础与组织能力。

在比赛中，中国取得了最突出的成绩。中国运动员获得全部金牌的五分之三。

在金牌上的第一名是中国，金牌 183 枚，银牌 107 枚，铜牌 51 枚；第二名为韩国，金牌 54 枚，银牌 54 枚，铜牌 73 枚；第三名是日本，金牌 38 枚，银牌 60 枚，铜牌 76 枚；第四名为朝鲜，金牌 12 枚，银牌 31 枚，铜牌 39 枚。

在第十一届北京亚运会上，中国运动员 7 次刷新世界纪录，89 次打破亚洲纪录，189 次改写亚运会纪录。

如此大面积地刷新世界纪录和亚洲纪录，反映出亚洲体育运动正以前所未有的步伐迅速向世界水平逼近，并预示了亚洲体育运动将成为世界体坛不容忽视的力量。

本书主要参考资料

《亚运会观赏指南》 杨正光 杨志华著 湖北人民出版社

《体育的魅力：亚运会观赏》 邵民和等主编 天津人民出版社

《90北京亚运会》 彭小阳 李方艳编 海口三环出版社

《历届亚运会集锦》 胡新民等编著 中国奥林匹克出版社

《中国亚运纪实》 杨锦 高立林 马年华 朱碧森 徐翼编 群众出版社

《记第十一届亚运会我国部分金牌获得者》 奥林匹克出版社编 奥林匹克出版社

《激荡的亚洲魂：第十一届亚运会纪实》 钱江 缪鲁著 百花洲文艺出版社